생명과학자의 서재

일러두기

- 국립국어원의 어문 규범을 기준으로 삼되 용례가 없는 경우에는 관용적 표기를 따랐습니다.
- 도서나 잡지 등은 『 』로, 도서 안의 장제목은 「 」, 그림·영화·프로그램 제목 등은 〈 〉으로 구분했습니다.
- 국내에 정식 소개되지 않은 도서는 처음에 한국어 제목과 원어를 병기하고 이후로는 한국어 제목만 표기했습니다.

생명과학자의 서재

더 넓고 깊은 사유를 위한 전공 외 독서

박정애

배수경 김우영

이유미

정철호 구병수

정해영 권유욱

김남득

위희준

김규원

이효종

담앤북스

생명과학자의 여유로운 책 읽기

전공에 몰두하던 10여 년 전, 머릿속 생각을 글로 표현하고자 하면 금방 단어들이 고갈되고 전공 관련 문장들밖에 떠오르지 않았다. 동료들과 이야기를 나눠봐도 전공 바깥 분야는 스스로 판단해도 그 수준이 초보 단계에 그쳐 매우 초라하게 느껴졌다. 그래서 세상 사를 바라보는 안목이 더 넓어지고 깊어질 수는 없는가 반성하게 되었고, 그 해결책으로 전공 외의 책들을 읽고 생각하는 독서 모임을 구상하게 되었다. 독서 모임의 명칭은 '탐독사행探讀思行'. 더듬고 탐색하여 읽을 책을 찾고, 그 책을 읽으면서 깊게 사유하고, 이를 행동으로 옮겨 결실을 보도록 하자는 취지였다.

이러한 취지에 동료 생명과학자들 열 명 정도가 공감하여 2008년 12월 첫 모임을 가졌고 그 후 2~3개월에 한 번씩 모이는 독서 모임을 현재까지 지속하고 있다. 첫 번째 책은 2009년 2월에 읽은 『생각의 탄생』이었고, 지금까지 인문·사회과학·경제학·역사·예술·문학 등 어느 특정 분야에 한정이 되거나 누군가에 의해 주도적으로 정해짐이 없이 회원 각자의 추천으로 여유롭게 책 읽기를 했다. 최근에는 67번째 책으로 『공생, 생명은 서로 돕는다』를 지난 2021년 5월에 읽은 바 있다. 작년에는 몇 개월 동안 신종

코로나바이러스 감염증 때문에 모임이 계속 연기되었다가 현재는 인터넷상에서 온라인 모임으로 지속하고 있다.

얼마 전 한 회원이 이제 모임의 결실 단계에 해당하는 '行'의 일환으로 그간 우리가 읽은 책들 중 다른 이들에게 권할 만한 책을 선정하여 소개 글을 써보자고 제안했다. 여러 회원의 적극적인 호응으로 마침내 열두 권의 책을 선정하여 소개하는 책자를 이렇게 발간하게 되었다.

우리가 그동안 10년 넘게 60여 권의 책을 읽고 사유해왔지만, 아직 전공의 습성이 뇌리에 깊게 박혀 있어 소개 글도 전공 논문처럼 딱딱하고 건조한 부분이 많이 있다. 그래서 문학이나 인문 사회 분야의 전공자들이 저술한 책들에 비해 그 서술 방식과 내용이 빈약하고 유려하지 못한 부분이 우려된다. 그러나 표현상 생경한 부분이 있음에도 불구하고 생명과학자들이 틈틈이 읽고 생각하고 고민하여 작성한 글로써, 새로운 관점에서 소개 글의 지평을 넓혔다는 점을 고려하여 너그러이 살펴봐주시기를 간곡히 부탁드린다.

2021년 6월
'탐독사행' 독서 모임을 대표하여
김규원

목차

3장　더 나은 배움을 위해

1
장

일상과
철학 사이

『아내를 모자로 착각한 남자』

올리버 색스 지음, 조석현 옮김

알마, 2016

혈관신경생물학자, 약학자 **박정애**

어린 시절, 칼 세이건 박사의 『코스모스』 책을 접한 것이 과학과 역사에 눈길이 자주 머무는 계기가 되었다. 이후에 부산대학교 약학대학에서 학사를, 일본 규슈대학교 약학부에서 석사를, 부산대학교 자연과학대학에서 분자생물학 박사학위를 취득했다. 박사학위 취득 후에는 신경생물 분야와 혈관생물 분야에서 가르치는 일과 연구하는 일에 종사했으며, 2018년 11월 이후부터는 부산 온종합병원 약제팀에서 약사로 거듭나고 있다. 글과 함께 있으면 마음의 평화가 깃들기에 글과 관련된 일을 하면서 살아가기를 원한다.

『약의 역사』(범문에듀케이션, 2017)에서 공저자(「정신질환과 정신약물」 부분)로 참여한 바 있다.

낯선 일상은
우리를 변화하게 한다

나에게 찾아 온 낯선 일상 ─────────── •

나의 일과는 쉼 없이 쏟아져 나오는 처방전 속에서 시작된다. 알프람, 센시발, 렉사프로, 베넥사엑스알, 프리스틱, 트리티코, 켑베이, 웰부트린엑스엘, 마도파, 리보트릴, 아리셉트, 에이디메드, 아토목세틴, 메디키넷리타드, 콘서타OROS 등이 버티고 있다. 이들은 불안증, 우울증, 조현병, 파킨슨병, 치매, 주의력결핍 과잉행동장애, 자폐증 등에 처방되는 신경정신약물이다. 신경정신약물은 환자 혹은 보호자가 정신건강의학과와 신경과에서 진료를 받고 처방전을 받아 병원 내 약제팀에서 수령해간다.

처방전에 적힌 글자가 처음에는 낯설었다. 처방전에는 대부분의 약들이 성분명이 아닌 상품명으로 적혀 있기 때문이었다. 성분명은 약의 효능과 관련이 있지만, 상품명은 제약 회사에서 판매를 위해서 임의로 만든 것이다. 상품명으로 성분을 유추하기는 쉽지 않다. 성분명은 같으나 상품명이 다른 약이 있으며, 용량에 따라서 약의 색, 크기, 모양 등도 제각각이다. 처방전을 보고 약을 조제한다는 것은 상품명을 보고 약의 모양과 크기와 효능을 순식간에 떠올릴 수 있어야 한다는 의미이기도 했다.

낯설고 막막했다. 내가 그동안 배우고 익혔던 성분명은 아무런 힘을 발휘할 수 없었다. 뇌에서 세로토닌이 어떻게 작용하고 도파민이 어떻게 작용한다는 지식은 상품명 앞에서는 힘없이 내려앉았다. 내가 소중하다고 여겼던 것들이 옆으로 밀리고, 밀쳐둔 것과 무관심하게 여겼던 것이 나의 삶의 궤도로 무작정 들어왔다. 지난 30여 년간 배우고 연구하고 가르치는 일을 하다가 3년 전에 병원 내 약제팀으로 이직하여 약사로서의 새내기 삶을 시작한 나에게는 도전이었다. 낯선 일상과 마주 서는 일이기도 했다.

정신건강의학과와 신경과 처방전이 약제팀으로 넘어와서 조제하고 자동 조제기로 포장, 검수까지 걸리는 시간이 최소 20~30분이다. 처방 일수는 28~90일분이 대부분이며, 대기하는 환자수가 열 명, 스무 명으로 증가하는 것은 순식간이다. 처방전은 꼬리에 꼬리를 물어 쉬지 않고 날라온다. 처방전이 약제팀으로 넘어오는 과정에서 행정상의 문제와 전산상의 문제로 꼬이기도 하고, 자동 조제기에 약을 보충해야 하고 약 포장지를 새로 넣어야 하는 일도 수시로 생긴다. 그래서 약을 수령하기까지 1시간 이상 걸린다는 것을 환자와 보호자에게 조목조목 설명해보기도 하지만 그들의 표정이 밝아 보이지는 않는다. 그래서 몸과 마음이 긴장되고 바쁘다.

약제실은 벽면을 따라 발끝부터 천장까지 경구약, 주사약, 수액제 등으로 빈틈없이 배열되어 있다. 그러나 배열된 박스에 적혀 있는 상품명 하나하나에 의미가 만들어질 때까지 내게는 모든 이름이 개별적이고 독특했다. 이들은 위협적으로 나를 내려다보고 나는 매일같이 올려다보았다. 나의 하루는 신경정신약물 검수, 복약지도, 입원병실 약 검수 그리고 마약을 조제하고 관리하는 일로 순식간에 흘러갔다. 퇴근한 후에는 약의 모양, 크기, 색, 상품명, 성분명, 작용점을 비교·분석하면서 오감을 총동원하여 익혀야 했다. '평생을 공부해야 하나.' 하는 생각이 들기도 했다. 매일매일은 낯섦과 긴장의 연속이었다. 낯섦과 긴장은 나의 약한 부분을 여지없이 파고들어 왔다. 온몸에 힘이 들어가 있었고 퇴근할 때쯤이면 팔다리에서 찌릿하는 전기가 흐르는 듯했다. 입안이 헐고 몸은 초췌해지고 두통으로 머리가 뻑적지근해지기도 하고 눈에는 핏줄이 서고 밤잠을 설치기도 했다. 다른 사람의 정신과 건강을 찾아주려다가 나의 것을 잃어버리는 것이 아닌가 하는 생각이 들기도 했다. 그러다 어느 순간 과거의 생각과 삶의 방식은 살며시 곁으로 비켜나면서 처방전 속으로 점점 몰입되고 상품명, 성분명, 약의 효능이 겹쳐 보이고, 글자는 다양한 색과 모양을 지닌 약으로 보이기 시작했다. 약의 행로를 따라가는 여유도 찾아왔다.

우리가 약을 복용하면 위장관에서 분해되면서 약의 성분이 흡수되어 신경세포neuron로 이동한다. 우리가 언어를 주고받으면서 의사소통하듯이 신경세포는 신경전달물질neurotransmitter을 주고받으면서 의사소통을 한다. 신경세포에 도착한 신경정신약물은 신경전달물질이 부족한 곳은 많이 나오게 하고, 많은 곳은 적게 나오도록 한다. 그러면 신경세포와 신경세포 사이에는 의사소통 즉, 정보 전달이 원활해지고 우리의 정신 활동과 신경 활동은 정상적인 궤도에 오른다.

투약구 밖은 대체로 정적이 감돈다. 진료나 약 수령을 위해 대기하고 있는 환자와 보호자의 표정은 무덤덤하다. 정적이 깨지는 순간은 환자 이름이 호명될 때다. 그들은 웃으며 자리에서 일어나 다가오고, 약을 받고 고마운 마음을 표현해준다. 아무리 살펴보아도 딱히 뭔가를 잘못한 사람들 같지 않아 보인다. 하지만 병이 그들을 찾아왔고 그들의 일상으로 들어와 버린 것이다. 정신질환과 신경질환으로 병원을 찾는 사람 중에는 치료가 힘든 질환인 경우도 있지만 일상적인 삶에서 오는 질환을 가진 경우도 상당하다. 아파트 층간 소음을 견디기 힘들어서 약을 먹어야만 일상생활이 가능한 사람도 있고, 업무 스트레스로 약에 의존해야 하는 사람, 가족 중에 우울증 환자가 있어 온 가족이 우울증 약을 복용하는 경우도 있고, 치매 환자와 보호자가 정신 치료를 받기도 한다. 기억력이 예전 같지 않은 부모님을 바라볼 때 나의 삶도 흔들릴 때가 찾아오곤 한다. 나도 살얼음판을 걷는 기분으로 하루하루를 낯선 일상으로 살아가고 있다.

　신경질환과 정신질환에서 벗어나 인간다운 삶을 영위하고자
하는 노력으로 세상에 나온 것이 신경정신약물이다. 신경질환은
뇌 영역에 기질적 병변, 즉 뇌 영역에 손상이 일어난 경우이며 신
경과에서 담당한다. 뇌졸중, 뇌출혈, 감염성 뇌질환, 두통, 전간증,
파킨슨병, 치매 등이 포함된다. 정신질환은 기질적 병변과는 무관
하며 인간의 정신현상에 이상이 생긴 경우이다. 이는 정신건강의
학과에서 담당하고, 공황장애, 조현병, 우울증, 불안장애, 수면장
애, 소아정신장애 자폐증, 발달장애, 지능지체 등 등을 다룬다. 뇌 손상으로
야기된 신경질환과 정신질환은 유전적 이상으로 생기기도 하지만
뇌 손상, 급격한 사회의 변화, 스트레스, 감정 조절 문제, 개인에게
주어진 과중한 책임감 등도 영향을 준다.
　신경작용과 정신작용이 신경전달물질로 조절된다는 것이 밝
혀지기 시작한 것은 20세기 후반경이다. 신경세포와 신경세포가
일정한 간격으로 모여서 시냅스synapse라는 구조를 형성하여 신경
전달물질을 주고받는다. 신경전달물질에는 세로토닌serotonin, 도
파민dopamine, 노르아드레날린noradrenalin, 글루타메이트glutamate
등이 알려져 있다. 신경전달물질이 적절하게 전달되지 못하면 정
신질환과 신경질환으로 발병된다. 그러므로 신경전달물질이 잘 전
달된다면 질환은 치료될 수 있다는 믿음으로 발전했고 신경정신
약물이 개발되었다. 1952년 라각틸토라진이라는 신약이 조현병에,

1987년 항우울제인 프로작이 우울 증상에 적용되었다. 프로작은 성공적인 우울증 치료제로『뉴스위크』1990와『타임』1993에 소개되었다. 여기에 힘입어 1980~2000년경 신경정신약물 개발이 폭발적으로 이루어졌다.

그러나 현재 거의 모든 제약 회사에서 신경정신약물 개발은 주춤한 상태이다. 그 이유는 개발이 생각보다 간단하지 않으며, 약물로 증상은 호전시킬 수 있으나 질환 자체를 근본적으로 치료하기 어렵다는 임상 결과와 의료진의 인식이 나타났기 때문이다. 우리의 뇌는 상황에 대처하고 생존할 수 있도록 끊임없이 변화한다. 정신질환과 신경질환으로 신경전달물질이 적절히 전달되지 못하는 상태가 지속되면 뇌 구조와 기능이 변화되고 신경연결망도 변화하게 된다. 신경전달물질을 조절하는 것만으로는 정신질환과 신경질환이 치료될 수 없는 이유다.

올리버 색스와 그의 환자에게 찾아온 낯선 일상들 ──── •

생명기술의 진보로 우리의 삶은 연장되고 생활은 안락해졌지만, 그에 따른 대가를 지불해야 한다. 성과를 위해, 노후를 위해 열심히 일해야 하는 반면, 여유 있고 더불어 사는 삶도 생각해야 한다. 누군가는 미래 가치를 외치고, 누군가는 현재에 가치를 두고 살라고 한다. 이러한 엇박자로 신경질환과 정신질환은 늘어갈 것이다. 우울, 공황장애, 불안, 수면장애, 치매 등은 우리 자신에게나 주변 사람들에게 찾아올 수도 있다. 일상이 되어버릴지도 모를 이들 질환이 어떤 모습을 하는지 구체적으로 알아야 한다. 더불어 우리 뇌의 지적 능력과 정서적 능력이 손상된다는 게 어떤 의미인지를 알아야 한다. 나이 든다는 것은 무엇인지를 생각해봐야 하는 시대에 접어들었다. 신경질환과 정신질환 연구에 일생을 바친 올리버 색스의 삶과 그가 그린 이야기는 우리의 삶을 되돌아보게 한다.

올리버 색스는 신경과 의사이면서 베스트셀러 작가의 삶을 살았다. 옥스퍼드대학교에서 의학을 배웠고, 샌프란시스코와 뉴욕에서 신경과 전문의로 성장했다. 그는 몇 권의 책에 진술한 자신의 삶에 대한 이야기를 녹여 담았다. 거의 회복 불가능한 환자들을 치료하고 돌보는 인생과 회복이 어려운 환자들에게도 그들 나름의 삶이 있다는 것을 끊임없이 이야기하고 있다. 그의 표현에 따르면 사람의 뇌가 손상되면 그것으로 끝나는 것이 아니고, 그 상황을 벗어나고자 끊임없이 노력하고 새로운 환경에 적응하는 과정을 겪는다고 한다. 그의 글은 의료란 무엇인가를 생각하게 하고, 뇌가 손상된 환자도 우리와 함께 살아가는 사회구성원임을 일깨워주며, 그들에게 대안적 삶을 제시하기도 한다. 그의 글에는 낯설기만 한 장애를 받아들이는 담담함과 장애를 극복하면서 힘들게 얻은 재능에 대한 뭉클함이 담겨 있다.

『아내를 모자로 착각한 남자』에 나오는 사람들의 이야기는 신화같이 비현실적으로 느껴질 수도 있지만, 임상 체험을 바탕으로 저술되었기 때문에 현실에 실재하는 상황이다. 책에 나오는 일화가 다큐멘터리로 제작되기도 하고 영화로 만들어지기도 했다. 그의 글을 읽고 자신들의 이야기라고 공감하거나 연락하는 사람들도 많았다고 한다. 세상의 단편적이고 편협한 편견이 두려워 자신의 증상을 드러내지 못한 환자나 가족의 고통이 읽히는 부분이다.

주목해야 할 점은 이 책이 1985년에 출간됐다는 것이다. 그동안 신경질환과 정신질환에 대한 지식과 정보와 연구, 특히 뇌에 대한 연구는 엄청나게 발전했다. 그러나 지금도 이 책이 꾸준한 인기인 것을 보면, 신경질환과 정신질환의 치료는 아직도 어렵다는 생각과 함께 우리의 시선이 서서히 변화하고 있음을 느낀다. 이것은 더불어 살아야 하고 함께 걸어가는 삶을 지향하는 태도이다. 그래서 그가 쓴 이야기는 아직도 유효하다.

『온 더 무브』는 올리버 색스 자신의 솔직한 삶의 궤적, 방황, 성장, 신경질환, 뇌에 대한 생각의 변화를 담고 있는 자서전이다. 『아내를 모자로 착각한 남자』와 『온 더 무브』를 주거니 받거니 하면서 읽으면 우리 인생을 되돌아봄과 동시에 생생한 생명력이 솟아나는 것을 느끼게 되어 더욱 좋다. 예사롭지 않은 색스의 삶이 진하게 다가오고, 비현실적인 환자들의 이야기가 현실이며, 그들에게서 새로운 삶에 적응해나가는 생명력을 느끼면서 우리는 다시살아갈 수 있다.

더 나아가 『색맹의 섬』『화성의 인류학자』『뮤지코필리아』『깨어남』 등도 이러한 이야기로 꽉 차 있다. 『모든 것은 그 자리에』

『의식의 강』은 그의 의학적 기반이 되는 이야기들을 풀어놓고 있다. 올리버 색스가 저술한 글은 개인의 삶과 환자의 삶이 실타래처럼 얽혀 있어서 따로 떼어놓고 생각할 수 없다.

올리버 색스가 의사가 되어 신경과를 선택하고, 임상 체험을 글로 승화한 것은 그의 삶의 궤적과 무관하지 않다. 그는 부모, 형제가 의사인 집안에서 태어나 과학과 의학에 관심이 많았다. 그러나 형인 마이클에게 조현병이 발병되면서 평화로운 삶에 균열이 가기 시작했다. 집안에서 가장 촉망받았던 형에게 사악한 마법의 세계, 가학적 창조자, 메시아 판타지, 고통, 공상, 현실을 오락가락하는 조현병이 찾아온 것이었다. 1950년대에 조현병 치료제로 라각틸이 개발되긴 하였지만, 색스는 형이 예전 모습으로는 돌아갈 수 없다는 사실을 지켜볼 수 밖에 없었다. 그뿐만 아니라 그 자신에게도 그를 끊임없이 괴롭혀온 신경질환이 있었다. 사람의 얼굴을 즉시 알아보기 힘든 인지장애 증상, 편두통이 오면 색이나 입체감, 움직임의 지각하는 능력이 상실되는 시각편두통이다. 자신을 둘러싼 평탄하지 않은 환경과 낯설기만 한 삶의 고통을 피하고자 암페타민과 같은 약을 복용해 현실을 잊고자 하였지만 오히려 환각, 황홀함, 공허감, 공포, 죄의식에 갇히게 되었다고 한다. 지병과 환경은 정신적 삶을 지탱하기 어렵게 했고 삶은 끝인 것 같았다고 한다. 그러던 어느 날, 그는 더 이상 이렇게 살 수 없고, 이렇게 삶을 끝낼 수 없다는 생각으로 정신분석 전문가의 상담을 받고 뇌, 정체성, 의식, 자아에 대해 성찰하게 된다.

평범한 삶은 경험을 기반으로 한다. 내가 아파봐야 남의 아픔을 이해하고, 나이가 들어봐야 세상의 흐름에 미숙한 사람의 마음을 이해할 수 있다. 알고 이해해야 밀어내지 않는다. 다른 사람에게서 느껴지는 낯섦을 받아들일 수 있고 우리 자신도 낯섦 속으로 나갈 수 있다. 이것으로 우리는 변화한다. 올리버 색스가 그랬다. 그는 환자에 대한 면밀한 관찰, 병에 대한 이론적인 깊이, 통찰력 그리고 삶에 대한 열정으로 자신의 경험을 글로 썼다. 고통받는 삶은 글로 표현됨으로써 병을 객관적으로 보고 받아들이게 하였을 것이다. 그는 평생 동안 글쓰기 활동을 했다. 여행을 다니면서는 매일매일을 기록한 일기를 썼다고 한다. 글쓰기는 자신을 드러내는 방법이기도 하지만 글쓰기를 완성했을 때 오는 충족감은 그를 살아가게 하는 이유였기 때문이다. 그의 글쓰기는 낯섦을 받아들이고 상황을 뚫고 나가서 새로운 일상을 만들어내는 원동력이었다.

낯선 일상은 새로운 시선을 가져온다

낯선 일상이란 평범한 일상을 다른 시각으로 본다는 뜻이다. 평범한 세상을 다른 시각으로 보게 되면 변화가 일어난다. 올리버 색스가 교육받은 1950년대 후반의 뇌에 대한 의학적 견해는 비교적 단순했다. 뇌는 서로 다른 기능을 가진 영역으로 나뉘고, 그 영역에서의 기능은 변하지 않는다는 것이 정설이었다. 환자의 증상을 비교하다 보면 환자가 겪는 신경질환이 뇌의 어느 부위에서 왔는지 알아낼 수 있다는 것이다. 이런 체계화된 병례사가 적용되면 환자 개개인의 상황은 완전히 배제되고 증상 또는 증후에 따라 동일한 결과가 나오고, 동일한 치료가 행해졌다.

한편, 올리버 색스는 뇌의 기능을 기계적으로 나누는 것을 받아들일 수 없다며 회의적인 태도를 취했다. 고통은 극심하고 증상은 광범위한 편두통 환자, 기민성 뇌염후 증후군 환자, 알코올성 기억상실증 환자, 퇴행성 질환 환자 등을 경험하면서 뇌는 단순하게 구획하고 정의할 수 있는 것이 아니라는 인식이 그에게 생겼다. 뇌의 어떤 영역이 손상되면 그 영역에 원래 할당되어 있던 기능은 손상될 것이다. 예를 들면, 시각에 관련된 뇌 영역이 손상되면 시각 능력에 문제가 생긴다. 그러나 시각장애인들의 경우에 다른 감각, 촉각이나 청각과 같은 감각이 더 발달하는 경우를 볼 수 있다. 이것은 우리의 뇌는 손상을 방치해두지 않는다는 뜻이다. 손상이 발생하면 뇌 기능과 구조는 재조정되며 새로운 길이 생성되고 해체되는 과정을 겪는다. 이러한 뇌의 변신을 현대 과학은 뇌의 가소성이라고 하고, 낯선 환경에 대한 적응 과정이라고 한다. 이러한 적응 과정은 사람마다 어떤 환경에 놓이는지에 따라 다른 결과가 나오게 된다. 색스는 뇌 손상 환자 개개인의 뇌 변화를 최대한 끌어내어 환자가 변화된 삶에 적응할 수 있도록 평생 노력했다. 색스가 기존의 생각을 넘어서서 남다른 환자 치료를 생각한 밑바탕에는 낯선 환경과 변화를 받아들이고 차곡차곡 쌓아 새로운 시선으로 환자를 바라보았기 때문이다.

낯선 일상은 뇌를 변화하게 한다 ─────────── •

뇌는 태아 상태에서 먼저 신경세포가 분화하고 발달하며, 출생 이후에 신경세포끼리 연결되는 시냅스가 형성되기 시작하고, 청소년기를 거치면서 환경적, 신체적 변화를 반영하여 시냅스를 중심으로 한 신경연결망이 형성된다. 여기서 끝이 아니다. 성인이 되어서도 오감을 통한 경험과 자신을 둘러싼 환경의 변화, 나이에 따른 육체적 변화, 사회적 변화에 따라서 뇌의 구조는 끊임없이 변화한다. 뇌는 상황에 따라 끊임없이 해체되고 통합된다. 자신을 둘러싼 세상이 뇌의 구조 속에 그대로 반영된다는 것이다. 뇌의 구조가 우리 자신인 이유이다. 뇌가 건강해야 우리가 건강할 수 있다.

낯선 일상이 뇌를 변하게 하고 우리를 변화시킨다. 우리는 다양한 분야를 접하고, 폭넓은 관심을 가지며, 여행을 권하는 사회적인 분위기에 살고 있다. 이것은 뇌를 낯선 환경에 노출시키는 일이다. 우리의 오감을 통해서 들어오는 모든 경험과 그림이 뇌 속 여기저기에 저장된다. 창고에 물건을 저장할 때처럼 뇌에서도 시냅스가 활성화되고, 저장되는 뇌 영역이 세분화되고, 복잡해지면서 풍성한 정보가 담긴 뇌 구조로 변화한다.

일본에서 유학 생활을 했던 친구에게는 말 못 할 고민이 있었다. 색상의 미묘한 차이를 구별하기 힘들다고 했다. 불그스름한 색이 모여 있으면 색감의 조그마한 차이가 보이지만, 따로따로 하나씩 보여주면 동일한 붉은색으로 보인다는 것이었다. 어릴 때부터 세분화된 색에 익숙한 일본 학생들에게는 쉬운 일이 그에게는 어려웠던 모양이다. 지금과는 달리 당시 우리 사회는 먹고사는 문제가 최우선이었기에 다양한 색감을 찾고 배울 여유가 없었다. 세분화된 색을 배워본 적이 없는 우리 뇌에는 미묘한 차이에 대한 정보가 형성되어 있지 않았고, 그래서 색감의 차이를 집어내기 어려웠다.

우리가 무지개를 빨주노초파남보로 알고 있는 것은 이들 색에 대한 정보가 뇌에 이미 들어 있기 때문이다. 우리 뇌에 들어 있는 만큼 우리는 아는 것이다. 우리는 우리의 뇌 속에 저장되어 있는 방식대로 세상을 본다. 뇌가 오감을 통해서 들어오는 외부 환경에 적절하게 반응한다는 의미이다. 시간, 공간과 무관하게 일정하게 반응한다면 세상의 변화와 개인의 경험에 대응할 수 없기 때문이다. 그렇게 뇌를 통하여 우리는 세상을 범주화하여 이해하고 자신의 경험에 의미를 부여하고 해석하여 포괄적 통합을 이끌어낸다. 이렇듯 우리의 뇌가 변화하고 확장된 크기만큼 세상을 바라보고 인식한다.

낯선 일상은 건강한 뇌를 만든다 ───────── •

일상을 바쁘게 이어가다가 정신을 차리고 보면 인간 모두에게 찾아오는 나이듦과 물러남이 다가온다. 나이듦은 기억과 정체성을 잃을지도 모른다는 두려움이고, 물러남은 사회관계망에서 소외된다는 두려움이다. 이런 두려움을 걷어낼 수는 없을까?

어린 시절에는 최소한 3세대, 자식과 부모와 조부모가 한 지붕 아래 별 무리 없이 살았다. 윗세대는 다음 세대에게 세상 사는 정보를 전수해주며 공존했다. 그러나 요즘은 스스로 무엇이든 해결하면서 살아갈 수 있는 시대이다. 인터넷 발전과 스마트폰의 보급으로 세상 사는 정보는 개개인의 소유가 아니라 모든 세대가 공유할 수 있게 되었기 때문이다. 나도 음식을 만드는 방법을 부모·형제나 지인에게 물어보기보다는 인터넷 정보를 많이 활용한다. 나는 지식과 정보가 개개인에게 한정되지 않고 인터넷 서핑만으로 접근할 수 있는 이 시대가 좋다. 동일한 시간 동일한 장소가 아니어도 사회관계망 서비스SNS로 거의 실시간으로 의견 교환이 되고 유대감으로 가슴이 뭉클해지기도 하는 이 시대가 좋다. 이러한 관점에서 본다면 3세대가 한 지붕 아래에서 함께 살아야 하는 명분이 희미해지고 나이 든 윗세대의 역할이 애매하게 되었다.

직장에서 정년퇴직하고 물러나면 그동안 하던 일이 없어지고 찾는 이도 없고 갈 곳도 없다고들 한다. 지난 삶의 업적으로 세미나를 해보기도 하지만, 듣는 사람의 삶에는 영향을 줄 수 있어도 정작 본인의 삶에는 영향을 주기 힘들다. 친구들과 동료들과 지난 직장 생활을 이야기하지만, 그 내용은 과거에 머물러 있는 과거 팔이일 뿐이다. 과거 팔이는 오래가지 못한다. 변화와 정보의 홍수 속에서 살아가는 인터넷 시대에는 세인의 관심에서 멀어지는 것도 순식간이다. 그렇게 사회관계망에서 멀어지기 시작하면 자존감도 떨어지고 불안하고 우울한 심정이 슬며시 파고들어 온다.

수명이 계속 연장되는 이 시대에 나이가 들었기 때문에 세상의 중심에서 물러나야 한다는 것은 다시 생각해볼 일이다. 그동안 청년의 지치지 않는 삶을 응원하기 위해 개인과 사회가 노력했듯이 이제는 노년의 지치지 않는 삶을 응원하기 위해 개인과 사회가 변화하고 노력해야 한다. 올리버 색스도 『모든 것은 그 자리에』에서 사람의 뇌는 나이가 들지만, 그것이 반드시 뇌가 '노쇠해졌다'는 의미는 아니라고 했다. 그렇다면 나이는 마음대로 할 수 없어도 뇌의 노쇠는 마음대로 해볼 수도 있지 않을까?

태아에서 청소년기를 거쳐 만들어진 신경세포가 평생의 뇌활동을 주관한다고 한다. 20세기 후반경, 뇌에도 신경줄기세포가 존재한다는 것이 밝혀져 신경줄기세포가 손상되거나 사멸된 부분을 메꾸어줄 것으로 기대하기도 했었다. 그러나 뇌 기능은 신경세포가 개별적으로 기능한 결과가 아니고 시냅스라는 구조로 무리 지어 작용한 결과라는 것이 지배적인 의견이다. 한두 신경세포 바꾼다고 손상이 제거되는 게 아니라는 것이다. 이것은 통찰력을 겸비한 한 사람이 세상의 모든 것을 해결해주던 시대는 끝났고, 이제는 다양한 분야에서 많은 사람이 모여서 함께 고민해서 결론을 도출하는 오늘날 세상과 같다. 뇌 기능은 똑똑한 한두 개의 신경세포가 작용한 결과가 아니고 무수한 시냅스가 온·오프되어 발생한다. 시냅스 구조끼리 연결되는 신경연결망이 형성된 결과이다. 우리가 어떤 사물을 보고 인식하고 기억한다는 것은 신경연결망이 집단으로 형성된 결과이다. 그래서 뇌에 손상이 온다는 것은 신경연결망으로 연결된 집단적인 뇌세포에 손상이 온 것이라고 한다. 노년에 찾아오는 치매는 신경연결망이 손상된 결과이고 그로 인해 우리 자신을 잃어가는 과정이라고 한다.

우리의 뇌는 지속적으로 활동하며 평생 확장하고 통합한다고 한다. 우리가 살아낸 오랜 인생 경험이 종합되어 방대한 정보로 통합되는 것이다. 이러한 과정은 철저히 개인적인 삶을 바탕으로 이루어지는 것이기에 누구도 나누어줄 수 없고 공유할 수 없는 온전한 개인의 몫이다. 그래서 개개인이 평생 건강한 에너지를 지닌 뇌를 가지도록 노력해야 할 일이다. 건강한 에너지가 사라지지 않도록, 낯섦을 용기 있게 받아들이고 과감하게 변화해야 한다. 낯섦을 받아들이는 것은 개인을 변화시키는 일이기도 하지만 사회적인 관용과 인식 변화를 일으키는 것이다. 용기 있는 자가 미인을 얻는 시절이 있었지만 이제는 용기 있는 자가 건강한 뇌를 얻는다고 할 때이다.

건강한 뇌를 추구하면서 ──────────── •

올리버 색스는 스스로를 이야기꾼이라고 부른다. 진료를 본 대부분의 환자에 대해 길고 자세한 일지를 기록하고 남겼으며, 환자의 입장에 서서 그들의 병을 바라보았으며, 고통스럽고 절절한 환자의 사정을 들어주었던 그는 이제는 이 세상을 떠났다. 부족함에 대한 연민과 사랑, 생생한 자화상을 통한 삶에 대한 열정, 건강한 뇌를 추구하는 그의 글은 어떠한 상황에 놓이더라도 삶을 재정비해서 살아가야 한다고 전한다. 우리의 뇌가 그렇게 하고 있다는 것이다. 재정비하고 변화하는 뇌를 잘 다루게 되면 개개인의 삶의 질과 방향이 변한다는 것이다.

나는 이전에는 혈관 신생과 사멸을 다루는 혈관생물학, 신경세포 분화와 사멸을 다루는 신경생물학과 같은 기초과학 분야에서 혈관과 신경을 고민하면서 살았다.

지금은 다양한 약의 세계가 나의 일상이다. 이전은 관찰하고 이론을 세우고 검증하는 삶이었다면 이제는 이론으로만 대하던 약들이 실재하는 구체적인 삶이다. 약의 이름이, 모양이, 작용점이, 효능이 나의 뇌 속에 하루가 다르게 입력된다. 시각, 촉각, 후각, 감각, 기억 소환 등의 신경세포가 활성화되고 시냅스가 형성되고 약에 대한 정보가 쪼개지고 편집되면서 대뇌피질의 어느 곳에 나만의 방법으로 저장될 것이다. 필요에 따라 소환되고 수정되고 다시 저장될 것이다. 낯설기만 했던 약들이 펼치는 세계가 나의 뇌를 건강하게 유지시켜줄 것으로 믿는다. 문득 약들이 궁금해지면서 발길을 재촉해본다.

『걷기예찬』

다비드 르 브르통 지음, 김화영 옮김

현대문학, 2002

치과약리학자, 분자생물학자 **배수경**

종이책 냄새를 좋아하며 취침 전 독서 시간을 소중히 여긴다. 스승인 김규원 교수의 영향으로 책 읽기를 즐기게 되었고 그 인연이 이어져 '탐독사행' 원년 멤버가 되었다. 향후 규모 있는 도서관 근처에 삶의 터전을 마련하는 꿈을 간직하고 있다. 부산대학교 자연과학대학 분자생물학과에서 이학 학·석·박사학위를 취득한 후 일본 교토대학교와 미국 국립보건원(NIH)에서 박사후 과정을 마쳤다. 현재 부산대학교 치의학전문대학원 교수로 재직 중이며 전공과목 외에도 독서 관련 강의를 진행하고 있다.

걷노라면,
걷다 보면

갑자기 양쪽 다리가 말을 듣지 않았다. 벌써 8년 전 일이다. 샤워를 마치고 욕조에서 머리카락을 말리고 있던 도중에 생긴 일이었다. 다리에 이상한 느낌이 들어 얼른 욕조를 붙잡고 앉았는데 허리 아래부터 발가락 끝까지 감각이 사라져버렸고 움직일 수 없었다. 당시 집에는 나 혼자였다. 기가 찼다. 처음 겪는 일이라 한동안 멍한 상태로 그렇게 있었다. 겨우 정신을 차리고 119를 떠올렸다. 하지만 전화기가 거실에 있었다. 양팔과 상체만을 이용해 욕조로부터 근근이 기어 나왔다. 1초면 끝낼 일을 10여 분 넘게 고군분투했다. 그다음은 거실로 가야 했다. 거기에 전화기와 옷이 있었다. 각개전투 포복을 하듯 기어서 갔는데 그 거리가 너무나도 멀었다. 더군다나 화장실과 거실 바닥은 왜 그리 차갑기만 하던지.

겨우 거실까지 기어 나오긴 했지만 이후가 더 문제였다. 이제 어떻게 해야 하지? 119 전화부터 할까? 만약 119 대원들이 도착하더라도 문은 어떻게 열어줘야 하나? 머리가 복잡해졌다. 일단 옷부터 입어야겠다고 생각하고 소파 위에 놓여 있는 옷을 가까스로 바닥에 내려놓았지만 스스로 챙겨 입는 일조차 버겁기만 했다. 다리를 쓸 수 없으니 혼자서는 모든 것이 막막했다. 그때의 나는 제대로 살아 있는 게 아니었다. 자포자기 상태가 된 채 그냥 그대로 거실 바닥에 누워 꼼짝도 하지 않고 엎드려 있었다. 그렇게 시간이 흐르고, 천운이었을까? 30여 분 후부터 차츰 발가락과 허벅지의 감각이 되살아나기 시작했다.

요즘도 샤워할 때면 그날 일이 떠오른다. 또 갑자기 다리 감각이 사라지는 건 아닐까? 소위 트라우마가 된 것이다. 내 몸이지만 내 마음대로 되지 않을 수 있음을 처음으로 경험한 날이었다. 또한 두 다리의 소중함을 여실히 깨달았던 날이기도 했다. 걸을 수 있는 일은 내게 그저 평범한 일이자 의문의 여지가 없는 당연한 일이었다. 하지만 그 사건 이후 알게 되었다. 두 다리로 걸을 수 있음은 그 자체가 살아 있음의 생생한 감각이라는 사실을.

평범한 걷기조차 소중한 활동이라는 뜻밖의 교훈을 터득한 직후, 다비드 르 브르통의 『걷기예찬』이라는 책을 탐독사행 모임에서 추천받았다. 지금이야 '예찬'이라는 단어를 책명에 붙여놓는 경우가 흔하지만 2002년 당시에는 드문 일이었기에 제목 자체만으로도 신선한 느낌이 들었고 또한 일시적이나마 걷기가 불가능했던 그날의 사건으로 인해 걷기 자체에 대한 관심이 남달랐던지라 『걷기예찬』은 내게 큰 호기심으로 다가왔다.

책의 저자인 다비드 르 브르통은 1953년 프랑스에서 태어났다. 현재 스트라스부르대학교의 사회학 및 인류학 교수이다. 저자는 인체 표현과 위험 행동 분석에 중점을 둔 연구를 하고 있다. 또한 '침묵 또는 걷기'라는 개인적인 주제에 대해서도 글을 발표했다. 걷기에 대한 그의 저작물은 『Eloge de la marche』라는 제목으로 2000년 출간되었고 김화영 교수에 의해 『걷기예찬』이라는 제목의 번역서가 국내에 소개되었다. 그로부터 12년이 지난 2012년 브르통은 『Eloge des chemins et de la lenteur』를 발표하였으며 이 책은 2014년 『느리게 걷는 즐거움』이라는 번역서로 한국에 출간되었다. 10여 년의 간극이 있음에도 불구하고 걷기에 대한 저자의 예찬은 변함이 없다. 따라서 독자는 두 가지 책 중에 어떤 책을 선택해도 좋다고 생각한다. 다만 저자의 걷기에 대한 기본 정신을 알고 싶다면 『걷기예찬』부터 읽을 것을 추천한다.

책은 「걷는 맛」 「지평을 걷는 사람들」 「도시에서 걷기」 「걷기의 정신성」이라는 순차적인 제목으로 구성되어 있다. 각 제목은 여러 개의 소제목이 달린 글들로 이어지면서 걷기에 대한 저자의 생각은 물론이고 걷기의 인문학적 성찰을 일구어낸 사상가들도 두루 소개하고 있다. 일단 책의 서문인 「길 떠나는 문턱에서」를 먼저 읽기 바란다. 애피타이저로서의 역할을 충실히 하고 있기에 책에 대한 호기심은 절로 배가 될 것이다. 그다음부터는 마음이 가는 소제 목부터 골라서 읽어도 되는데, 이는 책의 전체 내용을 파악하는 데 큰 영향을 미치진 않기 때문이다. 이 책은 평소에 누구나가 일반적으로 알고 있는 걷기의 장점들이 색감과 질감을 전혀 달리한 격조 높은 옷으로 갈아입고서 내 곁에 우아하게 다가온 느낌이 들게 한다. 새롭고 낯선 길로 나를 이끎으로서 걷기의 인식론적 호기심을 드높여 준다. 나는 그 길 위에서 걷기 시작했다.

역사   •

두 발로 걷기는 어린 시절 걸음마 떼기로 시작되는 독립된 개체로의 성장 과정에 주요한 단계이다. 인류의 진화학적 의미로까지 확대해본다면 두 발 걷기는 직립 인간의 탄생에 기여하였고 이는 급속한 뇌의 진화를 이끌어낸 역사적 사건이 된다. 두 발로 서서 걷기 시작하면서 자유를 얻은 양손은 도구 개발, 벽화 창작, 장식 치장, 의사소통, 사고하기 등과 같은 인류의 특징적인 발전을 이끌어냈다. 아기가 겨우 한두 걸음 걷는 일과 성인이 오랜 시간 걷는 일은 구분될 수 있지만 근본적으로 두 경우 모두 걷는 존재로서 같은 행위를 하고 있다. 직립 이동을 하는 유일한 종으로서.

종합건강검진 결과 지방간이 발견되었다. 심각한 정도는
아니었지만 그대로 둘 경우엔 건강에 문제가 될 수 있다며 의사
는 먼저 식단 조절과 운동을 시작하라고 권유했다. 휴일이면 소
파와 한 몸이 되어 지내던 일상에 익숙해 있던 터라 운동이란 것
을 하러 밖으로 나가야 한다는 생각만 해도 버겁고 싫었다. 그래
서 집에서 운동이 가능한 실내 자전거를 구입했고 한동안 열심
히 페달을 돌렸다. 그런데 점차 간이 덜 된 음식을 먹는 것처럼
심심했다. 시간이 너무도 느리게 흘렀다. 자전거 타기를 건너뛰
는 날들이 늘어났고 그렇게 차일피일 미루다 보니 나의 실내 자
전거도 역시나 많은 사례처럼 옷걸이로 전락해버렸다. 이래서
는 안 되겠다 싶어 동네 헬스장에 등록하고서 다시 새 마음으로
운동을 시작했다. 하지만 퇴근 후 찾아간 헬스장은 사람들로 붐
벼 운동기구 사용이 원활하지 못했고 차례를 기다리는 일이 잦
았다. 이런 기다림은 운동을 그만두기에 좋은 변명거리가 되었
다. 다음엔 요가에 도전했다. 함께 요가를 하던 할머니들조차 활
처럼 쉽게 휘는 동작임에도 나는 뻣뻣하고 우스꽝스러운 포즈
를 연출했고 결국 지속적인 격려를 해주던 요가 선생님마저 웃
음을 터트리고 말았다. 몸의 유연성에 진전이 없는 것은 물론이
고 도리어 몸의 고통만 가중되었다. 요가는 내 체질이 아니었다.
　사실 처음에 담당 의사는 가볍게 걷기부터 시작해보라고 권

유했었다. 그런데 나는 걷기가 무슨 운동이 될까 얕잡아 보았다. 그러다가 앞선 사태를 겪고 결국 걷기를 시작했다. 다행히 집 주변에 온천천이 있어 걷기 좋은 환경이었다. 1년 반 정도를 매일 1시간씩 걸었다. 온천천이 물에 잠겨 통행금지가 된 날 이외에는 무조건 걸었다. 걷기 시작하고 나서부터 몇 달간은 체중 변화를 포함한 가시적인 성과는 전혀 없었다. 평소의 나라면 실내 자전거, 헬스, 요가에서 그러했듯 진즉에 포기했을 텐데 이번엔 달랐다. 좋은 징조였다. 체중 감량은 없었지만 걷기의 숨겨진 매력에 빠지기 시작했기 때문이리라. 혼자 걸을 때만 느껴지는 맑은 정신과 무아감이 좋았고 걷고 난 후 몰려드는 행복감 그리고 성취감이 나를 계속 걷게 했다. 내겐 정신적 만족이 먼저 찾아왔고, 이후 걷기를 통해 9킬로그램 정도의 체중 감량도 성취했다. 당연히 지방간은 줄어들었다. 걷기를 시작하기 위해서는 편한 운동화 한 켤레만 갖추면 된다. 이 얼마나 가성비 최고의 운동인가?

선물

걷기는 단순히 신체 건강만을 위한 활동은 아니다. 설령 몸의 건강을 지키기 위해 시작한 걷기라 할지라도 매일의 반복적 걷기 행위는 나를 성찰하고 나와 타자 그리고 주변 환경과의 관계를 돌이켜볼 수 있는 시간을 규칙적으로 확보하게 해준다. 이러한 걷기의 유효성은 현대 과학의 연구 결과에서 이미 입증된 바 있다. 걷다 보면 뇌에서 세로토닌과 도파민 같은 신경전달물질이 분비되어 행복, 도취감, 만족감을 느끼게 해주고 이는 스트레스 완화에 기여한다. 또한 걷기는 교감신경계와 부교감신경계의 균형을 적절히 맞추어 스트레스에 잘 대응할 수 있도록 튼튼한 방어막을 구축하는 데 도움을 준다.

걷기와 스트레스의 상관성은 비단 사람에게서만 확인되는 것은 아니다. 빗질을 싫어해 빗을 보거나 몸에 갖다 대면 사납게 입질을 하던 진돗개를 훈련시키는 장면을 본 적이 있다. 무조건 빗을 들이대며 빗질을 강제하는 것이 아니라 먼저 진돗개가 머무는 공간을 한 바퀴 걸으며 돌게 한 뒤 잠깐만 빗질을 하고 다시 '걷기-빗질' 연결 동작을 여러 차례 반복했다. 그 결과 놀랍게도 진돗개는 예전과 달리 거부감 없이 빗질을 받아들였다. 이처럼 개와 같은 동물에게도 걷기는 스트레스를 완화시켜주는 행위로 인식되어 최근에는 반려견 걷기 대회도 열린다. 그렇다. 걷기는 몸과 마음을 함께 살릴 수 있다.

누군가에게 화가 난 적이 있다. 대화를 하면 할수록 문제는 해결될 기미조차 보이질 않았고 그럴수록 나는 점점 더 화가 났으며 상대에 대한 분노만 쌓여갔다. 스트레스로 인해 교감신경이 극도로 예민해져 있었던 것이다. 답답한 마음에 일단 밖으로 나갔다. 그냥 무작정 걸었다. 그런데 몇 시간 정도 걷다 보니 놀라운 일이 벌어졌다. 분노로 가득 차 있던 마음이 누그러지기 시작했고 상대에 대한 감정으로부터 자유로워지는 느낌마저 들었다. 열린 공간에서 걸으니 의외의 해결책도 떠올라 문제는 잘 마무리되었다.

단지 걷기만으로도 정신적인 위안을 얻게 되었고 심지어 나와 타자 그리고 주변 상황까지 객관화하여 볼 수 있는 여유가 생겼다. 걷는 자만이 아는, 걷는 자에게만 찾아오는 선물이다. 그러니 마음이 힘들거나 어지러울 때면 일단 밖으로 나가서 힘차게 걸어보자. 무엇을 망설이는가?

침묵

걷는 동안은 나만의 시간 속에서 주변의 풍광과 대지의 감촉을 고즈넉하게 느끼며 자연 구성원으로서의 연결성을 상기하게 된다. 그리하여 나를 반기며 맞아주는 자연에 의지하기도 하고 위안을 받기도 한다. 자연의 소중함을 반추하면서 자연을 위해 내가 할 수 있는 일을 모색하게 된다. 이렇게 상호 교감이 이루어진다.

친구와 함께 걸은 적이 있다. 혼자 걸을 때 보장되던 침묵이라는 감각이 배제된 걷기가 되어버렸다. 속도에서든 사색에서든 나만이 향유할 수 있는 자유로움 그리고 들리지 않는 것을 들을 수 있는 즐거움이 사라졌다. 천사들의 언어로도 표현되는 침묵은 마음을 어지럽히는 고민거리를 정리해주며 요동치는 감정을 진정시켜주는 마법의 효과가 있다. 특히 혼자서 걸을 때의 침묵은 더 그러하다. 따라서 수다를 위한 걷기가 아니라면 진정한 걷기는 혼자여야 한다. 혹여 동반자가 있는 상황에서라도 침묵이 우선되어야 한다.

행복 ─────────────────────────────── •

소확행이라는 단어가 있다. 무라카미 하루키의 수필집에 수록된 「랑겔한스섬의 오후」에 등장하는 말로 평범한 일상에서 느끼는 작지만 확실한 행복을 뜻한다. 처음엔 청년층에서 호응이 높았지만 지금은 세대를 가리지 않고 인기몰이 중이다. 알 수 없는 미래의 불확실한 성취보다는 사소하고 별 볼 일 없는 일상이지만 소확행을 통해서 지금 여기에 능동적인 나의 가치를 부여하기 때문이리라. 소확행의 한 방법으로 걷기를 추천한다. 행복은 매우 다양한 원인으로부터 비롯될 수 있다. 하지만 결과적으로 행복하다는 감정은 동일하다. 따라서 초기 비용이 크지 않고 진입 장벽도 높지 않은 활동에서 행복을 자주 느낄 수 있다면 이보다 더 좋을 수 있을까?

걷다 보면 욕심이 줄어든다. 욕심이 줄어들면 만족도가 높아진다. 이는 곧 행복으로 이어지는 첨경이다. 행복은 욕심이 없어지는 것이라 생각한다. 오로지 건강한 두 발과 허기를 채울 정도의 먹거리와 몸을 뉘고 쉴 수 있는 작은 공간에 대한 소박한 요구만 허락된다면 더 바랄 게 없을 정도가 된다. 마음이 단순해지고 목표도 명확해진다. 지고 가야 할 군더더기를 털어내고 필요한 것들만 챙겨서 걷는 과정을 반복함으로써 가볍게 사는 지혜를 배우고 터득하게 되는 것이다.

자연　⸺⸺⸺⸺⸺⸺⸺⸺⸺⸺⸺⸺⸺　•

2020년 6월 21일 자 『워싱턴 포스트』에는 시베리아 베르호얀스크의 기온이 38도까지 치솟았다는 기사가 보도되었다. 시베리아발 이상 고온은 자연 산불을 일으켰고 이로 인해 인근 지역의 해빙이 가속화되었으며 화재에 의한 미세먼지 배출도 높아졌다. 또한 지구온난화에 따른 해빙은 북극곰이나 남극 펭귄과 같은 생물체들의 생존을 위협하고 있다. 대륙은 물론이고 이젠 해양까지 미세플라스틱 오염이 심각한 수준이다. 자연의 구성원이었던 인간이 자연을 소외시키고 심지어 정복하기조차 하는 행위는 기술 문명의 힘이 만들어낸 결과물이다. 지구온난화, 기후변화, 그리고 해양오염 등과 같은 지구의 위기는 결코 이와 무관하지 않다.

　인간에 의한 전 지구적 환경 파괴 행위는 어떠한 시대적 배경 하에서 본격화된 것일까? 여러 가지 설명이 있겠지만 걷기의 측면에서 보자면 선박, 자동차, 비행기 등의 교통수단 발명을 통해 걷기보다 훨씬 더 빠른 속도로 지리적 한계를 극복할 수 있게 되었다는 점, 걸을 때 가늠 가능한 인간의 눈높이에서가 아닌 힘과 속도의 관점에서 자연을 정복 가능한 대상들로 바라보게 되었다는 점 등을 꼽을 수 있다. 결국 자연 속 미약한 인간의 눈높이로 돌아가서 서로의 존재 가치를 인식하고 함께 유대 관계를 만들어갈 수 있도록 노력하지 않는다면 그 행위의 끝은 자명하다.

다시 인간의 눈높이로 돌아가기 위한 작은 행위로 걷기를 추천한다. 두 발로 땅의 기운을 느끼며 걷기 시작할 때 비로소 내가 의지하고 있고, 나를 지지하고 있는 자연의 존재를 느낄 수 있기 때문이다. 걷다 보면 주변의 풍광에 시각, 청각, 후각, 촉각 심지어 미각까지 온 감각이 열리게 된다. 이를 통해 만물의 종합 선물 세트인 자연에 대한 새로운 인식을 경험할 수 있다. 이는 오로지 자신의 두 발로 걷는 자만이 얻을 수 있는 충만감이요, 심오한 영감의 상태이다. 작은 실천부터 시작하자. 우리 삶의 터전인 지구를 위하여.

성장 ──────────────────────── •

인공으로 조성된 온천천 걷기 길을 1년 반 정도 매일 걷다 보니 슬슬 발밑에 밟히는 지면의 동일한 느낌이 지겨워졌다. 그러던 와중에 우연히 부산 금정구에 있는 회동수원지 둘레길을 걸은 적이 있다. 어딜 가나 비슷한 인공적 걷기 길과는 달리 친절하지 않은 흙길은 감각을 색다르게 자극했고 발걸음을 내디딜 때마다 더 힘든 도전을 해보라며 내게 속삭여주는 것 같았다. 이후 부산에 있는 산들을 하나씩 찾아 나섰다. 산길을 걷다 보면 고요함에 취해 몰아에 빠질 때가 있다. 가끔 지저귀는 새소리와 서걱거리는 나뭇잎 소리를 제외하곤 오직 내 발걸음 소리만이 귓전을 자극할 뿐이다. 혼자 걸어도 나는 외롭지 않았다.

멀리서 바라볼 때는 서로 엇비슷하지만, 그 안으로 직접 들어가 보면 산들은 전혀 다른 개성을 자아내며 내게 새로운 모습을 보여준다. 자연이란 그런 것이다. 직접 보고 겪어봐야 알게 된다. 알면 사랑하게 된다. 그렇게 나의 걷기 사랑은 곧은 평지에서 불친절한 흙길로, 다시 울퉁불퉁 산길로 이어지면서 점차 변화해갔다. 그러는 동안 나의 몸과 마음의 근육도 함께 성장했다.

걷다 보면 피할 수 없는 악천후를 만날 때가 있다. 화창하게 좋은 날씨에 비하면 변덕스러운 날씨는 걷기의 장애물임이 분명하다. 특히 도심에서 벗어난 지역을 걷다가 아무런 준비도 없이 갑자기 맞게 되는 비는 상황을 더욱 난감하게 만든다. 하지만 건강을 상하게 할 정도의 극한 상황만 아니라면 걷기가 끝날 즈음에는 힘든 여정을 잘 헤쳐왔다는 자신감을 갖게 된다. 또한 그것은 훗날 스토리 풍성한 추억으로 탈바꿈하기도 한다. 시간의 힘이 더해져 고생이 추억으로 바뀌는 것이다. 이러한 경험들이 쌓여가면서 고생과 고난에 대한 감성 근육이 강화되고 세상의 풍파에 대한 면역력도 향상된다. 자연에서 나는 성장한다.

느림

20~30대에는 자동차 운전을 매우 즐겼다. 짧은 거리든 긴 거리든 자가용을 이동 수단으로 애용했다. 그러다가 걷기를 생활 속에서 실천하기 시작하면서부터 출퇴근 시간에도 자연스레 대중교통을 이용하게 되었다. 그러다 보니 내 차는 졸지에 지하 주차장을 지키는 신세로 전락했다. 혹시나 모를 상황 때문에 차를 처분하지는 않았지만 앞으로도 최소한의 용도로만 자가용을 이용할 계획이다.

공간 속 운신의 폭은 상황에 따라 좁아지기도 하고 때론 넓어지기도 한다. 이는 두 발로 걷든 자동차를 이용하든 마찬가지다. 사실 중요한 것은 속도에 대한 태도와 마음가짐이다. 빨리 가고자 하는 조급함을 버리고 대신 조금 늦어도 괜찮다는 마음만 허용한다면 두 발로도 더 멀리 그리고 더 속속들이 공간을 탐색하고 탐험할 수 있다. 또한 빠르게 스치듯 지나감이 아니라 상대에 눈을 맞추고 교류할 소중한 기회도 생긴다. 지금부터 속도를 줄이고 느리게 걸어보자.

지금 여기

미래 지향적 가치관을 중시하는 현대사회에서는 과거를 돌이켜 보는 시간조차 낭비로 치부한다. 오직 미래만이 쓸모 있는 가치의 대상으로 추앙받는다. 오늘은 미래를 위한 조연일 뿐이다. 이러한 분위기에서 '지금 여기'의 가치는 상대적으로 등한시되기 쉽다. 나라는 존재는 '지금 여기' 현재에 있지만 사회는 미래를 향해 달리고 있다. 그래서 그 간극이 커질수록 인간은 소외감을 느끼게 되고 불안은 가중되며 깊은 고독에 빠지게 되는 것이다.

두 발로 걷는 행위는 자동차나 비행기를 이용해 미래로 빨리 달려가는 것과는 다르다. 오직 두 발의 전진에 집중하여 걷다 보면 '지금 여기'에 있는 나 자신이 보인다. 걷기 속도의 조절은 오롯이 나의 몫이다. 그 누구의 강요에 의해서도 아닌 나 자신만이 상황을 판단하고 조절할 수 있는 주체로 자리 잡는다. 그리고 나를 둘러싼 주변 환경이 서서히 눈에 들어오면서 친구가 되기도 한다. 심지어 시간을 거슬러 과거로 기억을 되돌려놓을 수도 있다. 그렇다고 미래를 간과하는 것은 아니다. 걷기에는 항상 명백한 미래 지향적 목표가 존재한다. 다만 그것은 타자나 주변 환경 또는 사회가 아닌 나 자신에 의해 정해지고 도달하고 필요에 따라서는 언제든지 변경 가능한 목표가 된다. 걷기를 통해서 주체성과 자신감이 회복된다. 육체적 시련을 동반하는 걷기를 통해서 역설적으로 정신적 시련을 극복할 수 있는 것이다. 이로 인해 삶의 고독과 불안은 줄어들며 소외감은 자가 치유된다.

코로나19

요즘 코로나19로 인해 인구 밀집 지역 등으로의 외출이 자유롭지 못하다. 걷기 위해 밖으로 나가는 것조차 망설여지는 상황이다. 친정 엄마는 독실한 기독교인이시다. 여든이 넘으셨지만 친정 엄마는 새벽 기도, 수요예배, 구역 모임, 주일예배 등과 같은 교회 행사에 빠짐없이 참여하셨고 이는 연로하신 친정 엄마의 유일한 심신 활동이자 운동인 셈이다. 그런데 코로나19로 인해 이 모든 것이 갑자기 멈춰버렸다. 교회 활동은 중단되었고, 엄마는 꼼짝없이 집 안에서만 갇혀 지내는 신세가 된 것이다. 그러다 보니 엄마의 스트레스는 점차 높아져갔고 우울 증세를 호소하기도 하셨다. 걷기에 대한 내 경험을 떠올리며 친정 엄마에게 집 안에서라도 걸어보십사 권했다. 친정 엄마는 오디오 성경책을 켜놓고 열심히 걸으셨다. 그리고 점차 활력을 되찾으셨다. 걷기 위해 굳이 광활하고 개방된 공간으로 나가야만 하는 것은 아니다. 미시적 여행을 떠난다는 마음으로 집 안에서라도 발걸음을 내딛어보자.

여행

집 주변 산책과 같은 단순한 걷기가 아니라 여행 속 걷기를 목표로 할 때는 우선 짐부터 제대로 꾸려야 한다. 처음엔 무엇이 필요한지 모르기에 필요하다고 생각되는 모든 것을 배낭 안에 넣는다. 그러다가 다시 뺀다. 이렇게 수많은 조정을 거친다. 지나친 욕심에 너무 많이 챙겼다가는 나중에 두 다리가 감당하지 못해 짐의 일부를 버리거나 남에게 주는 경우도 있다. 그런 경험이 차츰 쌓이다보면 어느새 짐 꾸리는 일도 익숙해진다. 여행 시 가장 우선적으로 챙기게 되는 물품의 목록을 보면 그 사람의 인생에서 가장 본질적이며 없어서는 안 되는 것이 무엇인지를 짐작할 수 있다. 걷다보면 알게 된다. 필요 충분한 조건이 무엇인지를.

걷는 일은 좁게는 여행을, 넓게는 인생을 내가 감당 가능한 무게에 맞추어 살도록 미리 해보는 예행연습과도 같다.

여행을 하면서 오랫동안 잘 걷기 위해서는 발에 익숙해져 있는 편한 신발을 챙겨야만 한다. 즐겨 신던 운동화가 있었지만 세탁을 해도 깨끗해지질 않아서 결국 여행 출발 전날 새 신발을 구입한 적이 있다. 발에 빨리 적응이 되지 않았던 새 운동화는 걷는 내내 발가락과 발등에 고통을 안겨주었다. 매일 연고를 바르고 밴드를 붙이긴 했어도 마음먹은 대로 발길 닿는 대로 마음껏 걷지를 못했다. 발이 아프다 보니 걷고자 하는 의욕도 줄어들었다. 몸이 정서를 지배하기 시작했고 이는 다시 걷기를 방해했다. 악순환이었다. 그래서일까? 발의 고통이 극심했던 동안에는 주변에 대한 인식에도 문제가 생겼는지 기억이 별로 나질 않는다.

낯섦

2019년 9월 학회 참석차 그리스 아테네를 방문했다. 아테네를 떠올리면 지금까지도 기억에 남아 있는 것은 수백 년의 세월을 고스란히 담고 있는 도시의 독특한 분위기이다. 굳이 타임머신을 타고 세월을 거꾸로 돌리고픈 염원을 담지 않아도 내 앞에 펼쳐진 옛 모습을 보는 것 자체만으로도, 비록 그것이 완벽하게 보존된 것이 아니라 할지라도, 역사라는 긴 시간의 간극을 무색하게 만들기에 충분하다. 이런 도시에서는 천천히 걷는 재미가 있다. 천천히 한 발자국씩 내딛을 때마다 겹겹이 쌓인 시간은 그 도시 고유의 색채, 냄새, 풍미, 소리, 느낌으로 변모하였고, 그것이 흩어져 다가와 나의 오감을 일깨웠다. 이것은 오랫동안 발효된 시간의 힘이요, 느리게 걷는 여행자에게 오래된 도시가 주는 선물이기도 하다. 우리가 여행을 하는 이유는 새롭고 낯선 것에 나를 노출시키기 위함이다. 특히 여행 중 걷는 행위는 그 낯섦을 서서히 받아들이기 위한 시간을 확보해준다. 그리하여 오감의 자극을 머릿속 기억만이 아닌 온몸으로 받아들이고 체화하게끔 이끌어준다.

철학

고대부터 오늘날까지 철학자, 사상가, 문학가 중에는 걷기를 예찬했던 사람들이 많다. 플라톤은 철학적 정신의 걷기를 통해 무지와 어둠의 세상에서 벗어나길 바랐으며, 몽테뉴는 다리로 성찰했다. 데카르트는 길을 잃지 않기 위해서 정신의 걷기는 계속 되어야 한다고 말했다. 루소는 인간의 변화가 걷기의 문제임을 최초로 이해했다. 칸트는 오후 7시 정각이 되면 산책에 나섰고, 사람들은 해시계만큼이나 칸트의 시간은 정확하다고 생각했다. 세상의 구원이 야생의 삶 속에 있다고 믿었던 소로는 야생 속에서 살았고 거기서 하루에 4시간 이상 걸었다. 최고의 건각健脚, 니체는 오직 발로써 글을 쓴다고 말했다. 비트겐슈타인은 철학을 버리고 자유롭게 거니는 것을 꿈꾸었다. 그는 철학 밖을 향해 걷고자 했다.

도시의 속도감에 떠밀려 허둥대는 나 자신을 구제하고 싶을 때마다 걷기를 예찬했던 저 사람들처럼 두 발로 걸어보자. 라틴어로 '걷기'는 Gradus이며 여기에 '앞으로'의 뜻을 가진 Pro가 붙어 '진보'라는 Progresus가 되었다. 즉, '앞으로 걷기' 또는 '앞으로 나아가기'이다. 육체적 발걸음이든 정신적 발걸음이든 여기에서 저기로 나아가는 진보로써의 걷기는 서로 유사하며 상호 영향을 미친다. 걸으면서 사유하고 사유하며 걷는다. 따라서 사회적 책무에서 벗어나 그 누구도 아닌 오직 나 자신이 되어 걸어보는 자유를 통해 나만의 속도를 회복하고 유지할 수 있다. 이는 타자의 사고에 의해 무거워지거나 영향을 받지 않는다. 또한 움직이며 변화하는 나 자신을 체험함으로써 내 존재를 긍정하고 재정립할 수 있다.

자, 바로 지금 나를 찾아 떠나는 철학적 걷기를 시작해보자.

『죽음이란 무엇인가』

셸리 케이건 지음, 박세연 옮김
엘도라도, 2012

암분자생물학자, 약학자 **김우영**

제주 성산포에서 태어났고 부산에서 주로 자랐다. 한국, 일본과 미국에서 분자생물학을 수학했고 숙명여자대학교 약학대학에서 강의하고 있으며 생물학적 인간의 존재에 대해 고민하고, 유전체 연구를 기반으로 암 치료 방법을 탐구 중이다.

바다를 사랑하여 바다를 바라보며 살다가 바다로 돌아가는 게 일생의 소원이다.

죽음의 본질,
내 삶을 파고들다

지천명에 만난 책, 가치를 바꾸다 ─────────── •

2010년 즈음, 『정의란 무엇인가』라는 철학적 주제를 다룬 책이 밀리언셀러가 되어 성인, 학생 가릴 것 없이 대한민국을 철학적 논의로 이끌어갔다. 아마도 이는 우리나라 출판 역사에서 철학적 문제를 다룬 서적이 장기간 베스트셀러로 있던 보기 드문 경우였다고 기억한다. 미국의 대표적 철학자이자 세계 최고 대학교라는 하버드대학교 교수의 강의 내용을 엮은 이 책에서, 나 또한 질문을 던지고 답을 유도하는 과정에서 강의의 요지를 끌어내는 저자, 마이클 샌델 교수의 강의 방식과 정치와 정의에 대한 논리적 설명에 많은 감명을 받았다. 아마 이는 당시 대한민국 사회에 주어진 화두

"무엇이 옳고, 그른 것인지"에 대한 갈증이 한몫했던 것 같다.

이후 무겁지 않은 용어와 실생활에 만나볼 듯한 예시를 이용하는 이런 종류의 철학 서적들이 한동안 많이 출판되었다.

『죽음이란 무엇인가』는 내가 지도 교수님 몇 분과 선후배 과학자가 함께하고 있는 '탐독사행'에서 책을 소개해야 하는 차례가 되었을 때 '죽음'이라는 단어에 눈이 가서 어떤 책인지 살펴보게 되었다.

이 책 역시 강의 내용을 요약해서 책으로 엮은 것이다. 저자인 셸리 케이건 교수는 예일대학교에서 오랫동안 죽음이라는 주제로 강의해왔을 뿐 아니라, 미국을 대표하는 현대 철학자다. 1995년 이후로 다년간 예일대학교의 교양과목으로 이 주제에 대해 강의하고 있었다. 대부분 '불혹'을 넘어서고 죽음이라는 주제에 대해 그리 멀리 떨어져 있지는 않은 우리 회원들 모두가 한번쯤 읽어보고 고민해볼 만한 주제라고 생각되었으며, 기존의 철학책들처럼 딱딱하지도 않으면서 이미 독서회에서 다룬 바 있는 『정의란 무엇인가』와 연결되는 주제라고 판단해 추천하게 되었다. 또한 모두 생명과학을 하는 과학자로서 인문학자의 죽음에 대한 시선을 정독하는 것도 매우 의미 있는 일로 생각되었다.

저자는 매우 유명한 철학자임에도 불구하고 상당한 자연과학적 상식을 갖고 있는 듯했다. 책 속에서 드는 예시 중에는 과학적 사실에 대한 상당한 수준의 설명이 종종 등장하여 신뢰를 더한다.

중간중간 예시들에 포함되는 문학 및 철학적 자료들은 죽음이라는 주제에 대해 오랜 시간 동안 얼마나 많은 고민과 논쟁이 존재할 수밖에 없었는지 보여주고 있다.

'죽음'이라는 단어는 '삶'이 있어야만 정의될 수 있다. 삶의 멎음을 인식함으로 죽음은 이해될 수 있을 것이다. TV 등에서 방영되는 동물 관련 프로그램을 보면, 많은 동물이 생명의 단절이라는 사건을 자연스럽게 받아들이는데 이는 아무리 봐도 경이롭다.

언젠가부터 죽음은 내 옆에 있다고 생각했던 것 같다. 지금은 보기 힘들지만 내가 중·고등학교를 다닐 때까지만 해도 동네에 장례가 있으면 상가喪家임을 알리는 등이 걸리고 밤새 조문을 하며 곡소리도 들리곤 했다. 이상하면서도 약간 무섭기도 했던 분위기는 주변에 '죽음이라는 존재'가 '실재'한다는 사실을 가끔 나에게 상기시켜 주었다.

처음 나에게 크게 다가온 것은(아마 많은 사람이 비슷한 경험을 갖고 있을 것이다) 외할머니의 죽음이었다. 비록 장례식에 참석할 수 없었지만, 중학교 때 외할머니의 부고를 전하던 어머니의 모습 그리고 갑자기 새로 모시게 된 제사상에서 본 외할머니의 영정은 이제 영원히 변하지 않는 외할머니의 마지막 모습이 되었고 언젠가 주변의 어른들이 모두 나를 떠날 것이라는 사실을 자각하게 해주었다. 내가 결혼을 하고 아이를 얻은 지 얼마 안 되어 아버지가 갑자기 세상을 떠나셨다. 망망대해의 한 선실에서 홀로 돌아가신 아버지의 모습은 예상외로 너무 편안해 보였다. 나는 하늘이 무너진 것처럼 슬펐지만, 아버지의 평안한 얼굴은 오랫동안 내 마음의 위안이 되었다.

지천명知天命이라는 나이가 되어보니, 세상 많은 일이 덧없다는 생각도 들고 젊은 날 그렇게도 내 가슴을 아프게 하던 일도, 불합리함에 분노하고 용서할 수 없던 일도 한 발 떨어져서 볼 수 있게 되었다. 물론 항상 그렇지는 않다. 아직 화도 가끔 나고 속상한 일도 많다. 하지만 화를 내다가도 잠시 후에는 '이 세상 모든 일이 죽음 앞에 먼지일 뿐인데 이렇게까지 집착할 일인가?' 하는 생각이 드는 걸 보니 나이가 들어가는 건지, 죽음이라는 것이 어쨌든 한발 한발 내 가까이 온다는 것을 자각하고 있는 건지 모르겠다. 모쪼록 많은 사람이 이 글을 읽고 나서 이 책을 한번 정독하기를 바란다. 죽음에 대한 깊은 고민을 하고 나면, 그 삶은 더 풍부해지리라 믿는다. 저자의 표현과 내 느낌을 섞어가며, 각 장의 주제의 간단한 소개에 내 짧은 감상을 덧붙이고자 한다.

이 책에 관한 단편적인 고찰 ────────── •

제1장. 삶이 끝난 후의 삶?

이 책의 핵심은 사실 이 장에 이미 제시된다. 이원론과 물리주의자에게 죽음은 무엇이고 저자는 어떤 입장을 지지하는지 파악할 수 있다. '삶이 끝난 후의 삶'이란 문장 그대로라면 비문이 된다. 먼저 끝난 삶이 계속된다는 것은 모순이기 때문이다. 저자는 이에 다음과 같이 질문을 수정해 보여준다. 즉, 우리가 말하는 죽음이 육체적 죽음이라면, 이 이후에도 우리를 규정하는 무언가가 계속 존재할 수 있는지를 다양한 각도로 묻고 있다. 하지만 이는 보다 근본적인 질문, 즉 "인간은 무엇인가?" 하는 질문으로 연결된다.

오랜 기간 동안 많은 이가 우리 몸과 정신이 따로 분리 가능한 다른 차원의 것으로 보는 이원론적 입장을 지지했다. 이들에게 인간은 육체와 영혼의 조합이며 그중에도 보다 중요한 것은 비물질적 존재인 영혼이다. 또 다른 입장에는 인간은 분리될 수 없는, 단지 물질적인 존재일 뿐이라는 물리주의자적 입장이 있다. 인간의 '기능'을 할 수 있어야만 인간이라면, 오롯이 이 '기능'을 할 수 있는 육체가 바로 그것인간이라는 것이다. 숨을 쉬고 대사를 하면서 생각도 하고 웃기도 하는 이 모든 기능은 육체의 작용(현대 과학에서 우리는 이것을 뇌가 담당한다는 사실을 안다)을 통해서만 나타나는 것이다.

그럼 이원론자들과 물리주의자들은 죽음을 어떻게 규정하는가? 이원론자들에게 죽음이란 비물질적인 정신과 물질적인 육체가 영원히 분리되는 현상을 말한다. 반면에 물리주의자들에게는 죽음이란 육체가 더 이상 인간 기능을 할 수 없게 되는 것이다. 육체 없이는 정신도 영혼도 없고 웃음도 없는 것이다. 저자는 이원론

의 입장에 반대하고 물리주의를 지지함을 일찌감치 선언함으로써
이 책의 방향을 이야기하고 있다.

제2장. 영혼이 존재할까?

이원론의 가장 근간은 영혼의 존재이다. 영혼이 존재하고 그
것을 육체로부터 분리할 수 있어야 육체의 사멸 이후에 남아 있는
영혼이 어찌 될 것인지 논의 가능할 것이다. 이원론자들의 입장을
다음과 같이 정리했다.

"인간은 '자유의지'를 갖지만, 물리적인 존재는 '자유의지'가 없
이 결정론의 지배를 받으므로, 인간은 순수하게 물리적인 존재가
아니다."

여기서 결정론은 물리적 법칙에 의해 움직인다는 뜻이다.

몇 가지 예를 설명하며 저자는 이런 가정들이 갖고 있는 모순
을 들어 이 결론이 잘못되었음을 보인다. 그중 하나로 실제 자연의
물리 법칙들이 절대적 법칙이 아닌 확률적으로 움직일 수 있다는
사실을 보여주려는 양자역학을 예로 들었다. 사실 이 부분에서 저
자가 다시 이 책을 쓴다면 나는 요즘 폭발적으로 발전하고 있는 AI
를 예로 드는 것을 제안하고 싶다. 요즘의 기계는 배우고, 생각하
고, 판단하여 표현한다. 하물며 이 능력으로 사람을 이기기까지 한
다(인공지능 바둑 프로그램 알파고가 이세돌 기사에게 단 한 번 진 이후
사람에게 전승을 이뤘다는 사실은 사람만이 가능하다고 생각했던 정신
영역에 대한 판단이 뭔가 틀렸다는 사실을 보여준다). 적어도 위에서

제시한 명제에 의해 사람은 물리적 존재가 아니라고 주장하기는 어려워 보인다.

그럼 육체가 죽은 상황에서 영혼만의 상태로 존재한 적이 있다는 임사체험자의 존재는? 혹은 식물인간이라고 부르는 상태 혹은 뇌사라고 부르는 더 심각한 상태는? 이들은 죽었는가? 살아 있는가? 영혼은 이때 어디로 가는가? 현대 의학은 여러 관점에서 생명체의 상태를 측정하여, 어디부터 사망이라고 할지를 '합의'해두었을 뿐이다. 우리가 부르는 죽음은 우리가 정해둔 척도에 따라 불려지는 것이다. 그럼, 실제 영혼이 있고 육체를 떠난다면 어느 시점일까?

제3장. 육체에서 분리된 정신?

데카르트의 결론은 '육체와 정신은 다르다.'였다. 사유만으로 이런 결론을 감히 이끌어낸 것을 보면 역시 위대한 철학자임에는 틀림없어 보인다. 하지만 21세기의 생물학자인 내가 보기에는 이 말은 그냥 틀렸다. 그냥 '지구가 평평하다.'라는 말처럼 들린다. 하지만 저자는 철학자답게 데카르트의 주장을 논리적으로 부정해나간다. 상상 가능한 사실은 '실재한다'는 논리가 부정됨으로써 데카르트가 주장한 육체 없는 정신이란 가능하지 않다는 결론을 이끌어낸다.

사람은 매우 직관적 혹은 시각적 동물이다. 경험하고 본 것을 믿고, 내가 보지 못한 것을 믿기 힘들어 한다. 내가 생각하므로 나는 존재하는데, 내가 생각하는 것이 내 육체의 작용이라는 것을 직관적으로 인식하기는 대철학자에게도 물론 쉽지 않았을 것이다.

제4장. 영혼은 영원히 사라지지 않는다고?

설사 이원론자들의 주장이 일부 사실이어서 영혼이 육체와 서로 분리 가능한 존재라고 하더라도 그 영혼이 영속할 수 있는 존재인지는 확인이 필요하다. 저자는 플라톤의 『파이돈』에 기술된 소크라테스의 사형 집행일 기록을 통해 그의 영혼 불멸성에 대한 생각을 짚어본다.

소크라테스는 눈에 보이지 않는 존재는 변하지도, 소멸하지도 않다고 믿고, 보이지 않은 영혼은 소멸하지 않는다고 결론 내린다. 그 시대에는 방사능처럼 보이지 않아도 실재하는 에너지를 알 수 있는 방법은 없었을 것이고, 모든 보이지 않는 것은 개념이며 이는 변해야 할 이유가 없는 것으로 믿었을 것이다. 그러나 이것이 영혼은 보이지 않으므로 소멸하지 않는다는 의견을 지지해주지는 않는다. 미안한 일이지만, 현대 과학은 우리 뇌의 작용을 감지한다. 뇌의 어떤 영역이 자극받고 반응하는지 하물며 잠든 동안에 일하는 뇌의 반응도 형상화하고 있다. 그러면 적어도 어느 정도는 보이는 것 아닌가? 영혼이 정신 활동이라면, 21세기의 우리에게 이는 더 이상 보이지 않는 것이 아닌 것이며 그의 가정에 따르면 영원하지 않다.

이 때문에 소크라테스와 플라톤의 노력에도 불구하고 영혼이 불멸할 것이라는 확신은 저자에게도 나에게도 들지 않는다.

제5장과 제6장. 나는 무엇인가?

플라톤의 진지한 노력에도 불구하고 저자는 영혼이 존재하지 않는다고 결론 내린다. 영혼이 존재한다고 받아들일 적절한 근거를 발견하지 못했기 때문이다.

용이 이 세상에 존재하지 않는다는 것을 증명하려면, 용이 없다는 증거를 제시해야 하는 것이 아니라 용이 존재한다는 주장을 반박하면 충분하다. 마찬가지로 영혼이 없다는 것을 증명하려면 영혼이 있다고 주장하는 증거들을 잘 보고, 틀린 부분을 찾으면 끝이다.

앞에서 여러 번 언급하였듯이 저자는 물리주의적 입장으로, 육체적 존재인 인간의 죽음을 어떻게 이해할지 도우려 하고 있다. 저자는 시간과 공간적 개념을 도입하여 지금의 '나'와 내일의 '나'가 같은 '나'인지를 묻고 있다. 죽음 이후에 만약 살아 있는 '영혼'이 있다고 가정하면 이는 아직도 '나'인가? 지금의 '나'와 내일의 '나'처럼 연속성을 갖는 존재가 맞는가? 물리주의자들에게 '나'는 육체적 동일성인가? 내 뇌가 다른 사람에 몸에 들어 있다면 그것은 나인가 남인가? 그런데 그 뇌에 기억이 다시 리셋되어 있다면 그것은 어떤 개념인가?

여기서 복제라는 관점도 나온다. 나폴레옹이 복제된다면, 그것도 둘로 복제된다면, 그들은 같은 것인가? 다른 것인가? 혹은 한 인격체 혹은 사람이 아메바처럼 분열 된다면…. 이런 문제는 결국 분열 불가라는 조건을 넣지 않으면 자기 모순에 빠지는 것 같다.

내가 생존해 있다는 것은 무엇인가? 내 육체인가? 인격인가? 우리가 원하는 생존은 동일한 인격을 유지하면서 살아 있는 것이다. 그것이 100년이든 1000년이든. 그것은 가능하지 않아 보인다. 저자는 이제 드디어 '죽음이 나의 진정한 종말'이라고 생각함을 털어놓는다.

제7장. 죽음의 본질은 무엇인가?

물리주의자들에게 죽음은 어떻게 정의되는가? 인간의 물리적 기능의 단계를 제시하고 이들의 정지와 죽음의 단계, 정체에 대해 분석해보고 있다. 죽음을 이렇게 단계화할 수 있다면 생명의 시작은 어디인가?

수정란에서 착상을 거쳐 태아가 되고 눈이 생기고 뇌가 발달하고 손발이 움직이다가 우리는 세상 밖으로 나온다.

우리는 언제부터 우리가 인간의 '영혼의 작용'이라고 생각될 수 있는 것들은 해왔을까? 다섯 살? 한 살? 임신 40주? 수정란? 과연 생명이란 언제부터이고, 언제가 끝인지 생각해볼 만하다.

제8장. 나는 정말 죽음을 믿고 있을까?

프로이트는 '그것이 무엇인지 모르기 때문에 사람이 무의식 속에 자신의 죽음을 믿지 않는다.'고 했다. 많은 사람이 죽음을 믿으면서도 사실 자기도 모르게 죽음을 믿지 않는 아이러니가 있다는 건 사실이다. 가끔 죽음 앞에 갔다 오고 나서 자신의 삶을 달리 대하기 시작했는 사람들을 보면, 그 전에는 자신이 죽는다는 사실을 지금과 달리 믿었단 말이 아닌가? 저자는 이런 논리를 통해 우리가 죽음에 대해 얼마나 비현실적으로 받아들이고 있었는지를 지적하고 있다.

또한 우리 모두 쉽게 하는 말이 있다. "우리는 모두 홀로 죽는다."

이건 비문이다. 죽는 게 무섭고 싫어서 누군가와 함께 지고 싶어서일까? 죽음은 그 정의부터가 누구도 함께해줄 수 없지 않은가?

제9장부터 제11장. 죽음과 삶의 가치

우리는 모두 대부분의 순간에 죽음을 피하고자 한다. 동서고금을 막론하고 죽음을 추구하는 인류도 생명체도 존재하지 않았다.

그럼, 죽음은 정말 나쁜 것인가? 왜?

일단 저자의 관점을 살펴보자면, 죽음은 살아 있다면 누릴 수 있는 모든 것을 빼앗아버리는 박탈 이론을 지지한다. 살아 있음으로 인해 누릴 수 있는 것들을 박탈당하지 않으려는 것은 종을 유지시키는 본능으로 생각된다. 그렇다면 영생은 어떠할까? 모두가 영생을 맞는다면, 조너선 스위프트도 미셸 드 몽테뉴도 영생은 형벌임을 직시했다. 인간이 추구하는 것이 무엇이든 영원히 계속 추구한다면 더 이상 쾌락이 아닌 시점이 온다. 영생이 그리 좋은 게 아니라면 어느 시점에서 이것을 끊어주는 것은 그리 나쁜 일은 아닐 것이라고 저자는 우리를 환기시키고 있고 나 역시 동감한다.

더 이상 추구할 가치가 없다면 죽음보다 더 나쁜 삶도 있을 수 있지 않겠는가?

제12장. 왜 죽음은 두려운가?

필연성. 우리는 모두 반드시 죽는다. 나만 그런 것은 아니다. 모두 다 죽는다는 사실이 나를 좀 덜 슬프게 할 수는 없을까?

가변성. 평균보다 일찍 죽는 사람이 갖는 상실이 오래 사는 사람의 이익보다 크다. 이게 사람이다.

불예측성. 바로 이것 때문에 많은 문제가 발생한다. 내가 얼마나 살지 모르기 때문에 내 인생의 행복 궤적을 설계하여 행복 총량을 늘리고자 하는 것은 어렵다. 사실 행복 총량보다 더 중요한 것은 행복의 궤적이다. 점점 나빠진 것보다는 점점 좋아진 것에 우리는 더 행복해진다. 여기서 저자는 직접 체험한 감동적 일화를 하나 소개하니 꼭 읽어보기 바란다. 죽음이 예측되는 순간 생각보다 나쁘지 않은 일이 일어날 수도 있다.

제13장. 죽음을 마주하며 살기

이론적 차원에서 죽음에 대한 태도는 **부정, 인정** 그리고 **무시**이다. 대부분의 시간 동안 우리는 사실 죽음을 의식하지 않고 살고 있다. 그래도 가끔은 우리는 이것을 인정해야 하지 않을까? 마치 영원히 살 것처럼 탐욕적인 인간들은 아마 인정하지 못하는 것 같다.

우리가 두려워하는 것이 죽는 과정이 아니라 죽음으로써 빚어지는 박탈이라면 그리 나쁜 일만은 아니다. 물론 저자도 죽음의 불예측성에서 오는 두려움에는 동의한다. 그렇다. 언제 어떤 모습으로 찾아올지 모르기 때문에 죽음이 더 두려울 수 있다. 그러면 우리는 죽음을 마주한 후에 어떻게 살아야 하는 것인가? 지금까지 명확한 답을 제시하지 않던 저자가 여기서는 답을 제시한다.

우리나라 사람들은 알게 모르게 동양적 사고 특히 불교적 철학에 노출되어 있는 경우가 많다. 저자의 글 전반에는 어딘지 허무에 대한 철학, 인생은 비어 있다는 생각, 모든 것에 대한 집착은 덧없다는 생각이 느껴진다. 이 장에서 불교 철학에 심취해 있음을 저자는 고백하고 있다. 물론 불교에서 말하는 삶과 죽음이 셸리 케이건의 이 책 전반에서 말하는 것과 같지는 않다. 그러나 상당 부분, 특히 모든 것이 공空으로 돌아가는 것이라는 점은 통한다고 본다.

아마 저자는 이렇게 얘기하는 것이 아닐까?

"아웅다웅하지 마라, 죽으면 다 끝이다. 가진 자도 못 가진 자도, 잘난 이도 못난 이도, 승자도 패자도 언제 올지 모르는 죽음 저편에서는 한 줌 먼지일 뿐이니라."

제14장. 자살에 관해서

이 장은 이야기하기가 매우 조심스럽다. 저자는 자살이라는 주제를 안락사와 함께 기술하고 있다. 여러 상황을 제시하면서, 약간 놀랍게도 이것이 충분히 합리적 선택이 될 수도 있다고 쓰고 있다.

우리도 이제 안락사에 관해 논의해볼 때가 되지 않았나 생각한다. 삶을 지속하는 것이 너무 고통스럽고 도저히 현재의 고통에서 빠져나올 가능성은 없으며 살아날 가망이 없을 경우, 본인의 삶에 대한 선택을 근원적으로 차단하는 것은 비인간적인 요소가 분명히 있음에 동의한다.

반면에 살고 싶어 꾸준히 주변에 신호를 보내는데도 사회가 돌아보지 못해 발생하는 자살들에 대해서는 시스템적으로 방지 가능한 구조를 만들어주어야 잘못된 선택을 막을 수 있을 것이다.

내가 보는 삶과 죽음에 대한 이해 ─────── •

스물 즈음, 내가 살아가야 하는 이유를 찾으러 여기저기로 헤매던 기억이 있다. 안타깝게도 당시 접했던 이유들은 종교적 배경을 완전히 배제할 수 없었으며 나는 대부분의 경우 이에 동의할 수 없어 힘들었다. 그러다 가정을 이루고 비교적 평탄한 삶을 살아가게 되면서 점점 이 질문을 안 하게 되었다.

어릴 때부터 나는 과연 세상은 무엇이고 나는 어떻게 이 세상에 있는지 궁금했던 기억이 있다. 가끔은 혹시 내가 인지하고 있는 우주는 사실 신이 내려다보고 있는 인형극 세트장이고 나는 신이 관찰하는 꼭두각시가 아닐까 생각했던 기억이 있다. 아마 비슷한 기억이 있는 사람들이 있을 것이라고 생각한다. 하지만 역시 나는 주인공이 아니었고, 인형 극장은 너무나 크고, 인형은 70억 명이 넘었다. 스물이 되기 전, 진정 전지전능한 신이 있다면 이 세상의 너무도 많은 비극을 내버려 두는 것이 너무 잔인하다고 결론 내리고, 그런 신이라면 믿고 의지하고 싶지 않다고 생각했다. 혹시 내가 믿지 않는다는 이유만으로 나를 벌준다면 그 또한 어쩔 수 없는 일. 마음으로 존경할 수 없는 절대자를 믿고 따르는 척할 수는 없었다. 이후 나는 신을 믿을 수 없었고 이는 내가 하는 학문으로 인해 더 어려웠던 것 같다. 현대 생물학의 대원칙은 진화론에 기반한다(진화는 더 이상 이론이 아닌 사실임에도 '론'이 붙어 있어 혼동을 주지만, 대부분의 생물학자에게 진화는 지구가 둥글다 같은 '사실'이다). 물론 훌륭한 생물학자 중에도 기독교인이 많고 창조론을 주장하는 분도 일부 있다. 기독교에서 보는 사람의 특별함에 따르면, 신은 사람을 선택했고 사람만이 신의 형상을 한 특별한 존재이며, 진흙으로 만들어진 '물질'에 '영혼'을 불어넣은 유일무이한 존재라고 한다. 따라서 다른 모든 생물체에는 우리와 달리 영혼이 없다고 받아들이는 것이다. 그러나 나는 인간과 침팬지가 오랑우탄과 침팬지 사이보다 가깝다는 분자유전학적 사실을 보면서 원숭이들에게 없는 특별한 영혼이 사람에게는 있다고 생각할 수는 없다. 영혼이 존재한다는 어떤 주장도 내게는 증명되지 않았으므로….

죽음을 알기 위해서는 삶을 알아야 하고, 삶을 말하기 위해서는 사는 주체, 즉 '나'를 정의할 수 있어야 할 것이다. 그런데 우리가 일반적으로 잘 알고 있다고 생각하는 '나'라는 존재를 정의하는 것은 생각보다 훨씬 고차원적인 것이다. 내가 하는 강의에서 자주 묻는 질문이 있다. 바로 "유전학적 지식에 기반하여 인간을 정의해보라."는 것이다. 의도는 이러하다. 학생들 상당수는 리처드 도킨스의 『이기적 유전자』라는 책에 친숙하다. 또한 학생들에게 한 학기 동안 유전체의 역동성과 유전체의 대부분은 단백질을 만드는 데 별 관심이 없다는 점, 유전체 반 정도가 사실은 트랜스포존이나 바이러스 같은 움직이는 단위의 DNA에 뿌리를 두고, 이들 상당수는 아직도 움직인다는 사실, DNA 조각 그리고 바이러스라는 대상이 언제부턴가 혹은 앞으로도 사람의 일부로 작용할 수 있음에 대한 인정, 이들의 작용 하나하나가 우리의 생명 작용에 중요한 역할을 한다는 사실을 자각하게 하는 데 있다. 더 놀라운 것은 우리 자신의 건강과 대사뿐 아니라 생각과 기분까지도 우리와 공생 혹은 우리에 기생한다고 배우는 수많은 미생물에 의해 영향을 받는다는 사실이다. 우리 장에서 사는 어떤 박테리아가 분비하는 물질은 궁극적으로 뇌의 BDNF Brain-derived neurotrophic factor, 뇌유래신경영양인자 농도를 조절할 수 있다. BDNF는 신경의 발생과 연결될 뿐만 아니라 우울증, 정신분열증 치매와 관련 있고, 트라우마에 대한 반응, 신경전달물질의 신호 전달마저 조절할 수 있다. 즉, 우리의 장에 존재하는 박테리아는 우리의 기분과 정신을 조절할 수 있고, 내가 오늘 아침 이유 없이 기분 나쁜 이유는 어제 먹은 항생제 때문일 수도 있다는 것이다.

이런 사실들, 우리 유전체의 가소성flexibility 및 집합체적 성격 그리고 우리 몸을 이루는 다른 생명체와의 조화를 고려해보면 우리 자신을 규정하는 일은 매우 쉽지 않은 일이다.

많은 학생은 자신이 알고 있던 '인간'이 얼마나 규정하기 쉽지 않은 존재이고 상호의존적 존재인지 알고 당황하게 된다. 이는 매우 중요한 과정이다. 인간은 움직이는 동적 존재이고 생명은 규정하기 쉽지 않은 존재이다. 이 과정 속에서 나의 생명과 죽음은 다른 많은 '객체'들과 어떻게 연관되는지 생각해볼 수 있을 것이다.

또 하나, 유전학 교수로서의 나는 사람이 특별하지 않다는 사실을 자각하게 돕고 싶다. 인간의 총수는 지구상의 곤충 종류 수에도 미치지 못한다고 하지 않는가? 생물학적으로 우리와 다른 생명체, 적어도 동물과의 유사성 및 통일성을 공부하면서 인간은 다른 동물과는 다른 특별한 존재라는 무의식적 선입견에서 한 발 물러설 수 있기를 기대한다.

생물학자이자 비기독교인으로 확신하건대 인간은 특별하지도 않고, 인간만 갖고 있는 영혼은 없다. 육체가 죽는 순간 정신세계도 연료 떨어진 승용차처럼 그 자리에 멈춰 설 것이다. 기계가 사람보다 더 빨리 배우고 판단하는 세상이다. 이제 어떻게 살 것인가? 이 책을 읽으며 삶과 죽음에 대해 한번 깊이 생각해보고, 어떻게 살아야 할지를 또 한번 돌아보기를 권한다.

책에서 언급하였듯이, 삶이 소중한 이유는 그것이 언젠가 끝날 것을 우리 모두 알기 때문일 것이다.

『세상물정의 사회학』

노명우 지음
사계절, 2013

분자약리학자 **정철호**

부산대학교 분자생물학과를 졸업한 뒤 서울대학교 약학대학에서 약학 박사 학위를 취득했다. 미국 미네소타대학교 호멜 연구소(Hormel Institute)에서 박사후 과정을 보냈고 현재 계명대학교 약학대학에서 학생들을 가르치는 일과 종양약물학 연구에 매진하고 있다.

언제나 마음으로는 서재 한쪽에서 책 속에 파묻힌 삶을 꿈꾸고 있으나 현실 은 아직도 선천적 게으름과 사투 중이다. 2011년 독서 모임인 '탐독사행'에 입문하여 현재까지 회원으로 활동하고 있다.

'좋은 삶'을 살기 위한
세상 바라보기

좋은 삶이란 어떤 삶인가 ───────────────── •

"세상물정世上物情 모른다."는 말이 있다. 사전적인 의미로 '세상이 돌아가는 형편이나 상황을 모름.'을 일컫는 말이다. 예전 부모님들이 자녀를 출가시킬 때 '세상물정 모르는' 우리 아이 잘 부탁한다며 사돈에게 건네던 말이다. 또는 1980년대 대학가에서 최루탄 냄새가 진동할 때 "부모가 비싼 등록금 내고 어렵게 대학을 보냈더니 세상물정 모르고 데모하러 따라다닌다."고 타박하던 길거리 행인들이 내뱉던 말이다. 이렇듯 '세상물정'이라는 말은 현명한 어른들만이 터득한 현실 인식의 높은 경지이며, 그래서 '세상물정'을 안다는 것은 이해관계로 얽혀 있는 세상의 이치를 판단하여 타협함을 뜻하는, 어쩌면 다소 부정적인 말인 듯 느껴진다.

그러나 1980년 5·18 민주화운동과 1987년 대통령 직선제를 부르짖으며 최루탄에 맞섰던 학생들과 시민들이 과연 세상 돌아가는 물정을 모르고 길거리로 뛰어들었던 것인지, 아니면 그들을 타박하던 주위의 현명한 어른들이 세상물정을 몰랐던 것인지는 새삼 재고가 필요해 보인다. 이러한 이유로 세상물정을 안다는 뜻은 우리가 살고 있는 이 사회의 민낯을 보고 옳고 그름을 판단할 수 있는 안목을 가진다는 의미로 재해석되어야 할 것이다.

나는 이런 세상물정을 이해하기 위해 우리 사회에서 일어나는 다양한 현상의 원인들을 '사회학'이라는 학문으로 접목하여 쉽게 풀어내고 있는 책 한 권을 소개하고자 한다. 사회학자인 노명우 교수가 집필한 『세상물정의 사회학』이 그것이다. 이 책의 저자인 노명우 교수는 베를린자유대학교에서 사회학 박사학위를 받고 현재는 아주대학교 사회학과 교수로 재직 중이다. 그는 이 책의 서두에서 "좋은 삶이란 어떤 삶인가?"라는 질문을 독자에게 던진다. 글쎄, '좋은 삶'이란 무엇일까? 나 또한 어렴풋이 머릿속에 갖고 있는 이미지를 대답으로 미처 옮겨내지 못한다. 저자는 '좋은 삶'을 단순히 선한 의지의 삶과는 다른 차원으로 인식하고 세상에 대한 비판 없이 착하기만 한 삶은 '좋은 삶'이 될 수 없다고 말하고 있다.

그가 정의하고 있는 '좋은 삶'이란 "세상이 돌아가는 이치를 통해 삶을 지키기 위한 방어술과 악한 의지를 가진 사람을 제압할 수 있는 공격술을 터득하여 세상과 교류하는 삶."이라고 이야기하고 있다. 즉, 존재하는 실제 사회의 현실을 파악하여 세상을 비판할 수 있는 용기를 가지는 것, 그것이 '좋은 삶'을 살기 위한 자세라는 것이다. 이 책에서 저자는 다양한 세상사의 예시를 통하여 세상의 민낯을 보여줌으로써 독자에게 다소 불편한 감정을 느끼게 함과 동시에 우리가 살아가고 있는 현실 세상을 정확히 인식하게 함으로써 궁극적으로는 '좋은 삶'으로 이르는 길을 제시해주고 있다.

'좋은 삶'이란 어떤 삶인가? 이 책의 프롤로그에 적힌 이 질문과 그에 대한 대답은 어떤 삶이 좋은 삶인지를 몰랐던 내게 해답과 동시에 또 다른 마음의 짐을 안겨주었다. 이 사회에서 살아가는 한 개인인 내가 남에게 피해를 끼치지 않고 착하게만 사는 것이 어쩌면 더 이기적이고 비겁한 삶일 수 있다는 불편한 생각을 하게끔 했다. 더러운 침전물들이 일어날까 조심스레 헤엄치는 물고기가 많이 사는 아주 깨끗해 보이는 개울물은 침전물 속의 산소가 고갈되어가고 있음을 의미하는, 또 다른 이면일 수 있다. 이정모 박사의 저서인 『저도 과학은 어렵습니다만』에서 언급된 것처럼 개울물이 썩지 않게 더러운 침전물들을 흐트러뜨릴 수 있는 미꾸라지 한 마리의 용기가 결국에는 이 세상을 조금 더 투명하게 할 것이라는 '미꾸라지의 역설'에 공감하면서 무거운 마음으로 책장을 넘겼다.

세포라는 현미경 속 사회를 관찰하며 ────── •

생명현상은 매우 복잡하면서도 신비롭다. 우리의 몸은 약 100조 개의 세포로 구성되어 있다. 대부분의 세포들은 우리의 몸 속에서 전문적인 세포로 각기 분화하여 고유의 기능을 수행하고 있으며 다른 세포들과 긴밀히 관계하고 소통함으로써 다양한 생명현상들을 유지해나가고 있다. 하나의 세포, 더 나아가서는 한 생명체에서 일어나는 여러 가지 생명현상이 실제로는 아주 작은 단일 분자의 작은 변화에서부터 비롯된다는 사실은 이제 더 이상 생명과학을 전공하는 학자들만이 알고 있는 어려운 이야기가 아니다. 세포 내 하나의 단백질 분자를 지령하는 DNA 염기서열 하나만 바뀌어도 우리는 쉽게 늙어버릴 수도, 암에 걸려 죽을 수도 있다. 1900년대 중반 분자생물학을 필두로 생명과학은 놀라울 만큼 발전했고 수없이 많은 정보와 가시적인 성과들이 도출되었다. 몇몇 유전자의 기능 조절을 통해 세포의 기능이 달라지고 젊음이 유지되고 암을 치유하고 나아가서는 인간의 죽음까지도 연장할 수 있는 시대가 열리고 있는 것이다.

현미경을 매일 들여다보는 학자로서 현미경 속에 형성되어 있는 사회 역시 우리가 몸을 담고 있는 사회와 별반 다르지 않음을 새삼 느낀다. 우리 몸을 구성하고 있는 세포를 하나의 사회라 가정한다면 세포 속에 존재하는 수많은 개개 분자가 사회를 구성하는 한 명 한 명의 개인이 될 것이다. DNA라는 설계도를 기반으로 만들어진 RNA리보핵산와 단백질을 비롯하여 탄수화물, 지질 등의 분자들은 세포라는 기능적 단위를 유지하기 위해 끊임없이 만들어지고 분해되는 과정을 거친다. 이들은 세포가 복잡한 외부 환경에 맞서 살아갈 수 있도록 협력하여 에너지를 만들고 때로는 그러한 과정에서 자신은 소비되어 분해되기도 한다. 우리 사회와 마찬가지로, 세포 속에 존재하는 분자 각각의 역할과 희생을 통해 세포라는 사회가 구성되고 유지되고 발전해나가는 것이다. 이러한 분자들을 품고 사는 세포는 그들이 처한 외부 환경에 적응하며 변화해나간다. 실제 이러한 변화는 외부 환경이라는 다양한 스트레스에 대한 세포 내 분자들의 상호작용에 의해 결정된다. 즉, 세포가 생존할 것인가 죽을 것인가의 문제는 사실 이러한 분자들의 세포 내 상호작용에 달려 있는 것이다. 역사적으로 어려운 시대에 살았던 개인들이 죽고 사는 문제를 고민해왔던 것처럼 세포 안에서도 좋지 않은 외부 환경에 대응하기 위한 분자들 간의 끊임없는 고민과 몸부림이 있으리라. 실제로 「햄릿」의 대사에 등장하는 "죽느냐 사느냐, 그것이 문제로다."라는 명대사는 외부 환경에 휩쓸려가는 세포의 운명에 맞서는 분자들의 가련한 외침일지도 모른다.

　그동안 우리 과학자들은 생명현상의 원리를 분자 수준에서 규명하고 해답을 찾고자 많은 노력을 해왔다. 다양한 질환의 영역에서 획기적인 치료제들이 등장하였고 그로 인해 많은 환자의 고통이 경감되고 있다. 그러나 단일 분자에만 작용하는 여러 항생제

나 항암제 등의 약물들에게서 흔히 관찰되는 약물내성 문제나 슈퍼박테리아 출현 이슈들은 그동안 연구되었던 방식, 즉 한 분자만을 타깃으로 만들어진 기존 치료제의 한계점을 극명히 보여주고 있다. 또한 분자 수준에서의 연구들은 때로는 여러 세포들의 유기적인 상호작용으로 나타나는 생체 내의 복잡한 생명현상들을 설명하기에는 한계를 가지며, 분자 수준을 뛰어넘는 상위 수준에서의 조절 메커니즘이 있을 것으로 제안되고 있다. 실제로 최근 출판된 『과학의 발전과 항암제의 역사』에서 저자 김규원 교수는 고차원적 생명현상의 연구 방법으로 기존의 단일분자에 대한 연구인 '환원적 접근법'을 탈피하여 '통합적 접근법'을 통해 세포 수준, 더 나아가서는 조직 수준에서의 접근을 통해 이러한 문제를 극복할 수 있다고 제안하고 있다. 이를 우리가 사는 세상에 대입해 보면 비정상적인 사회에서 나타나는 현상질병을 근원적으로 치료하기 위해서 그 원인을 분자개인에서 찾는 것이 아니라 다양한 분자들이 형성하고 있는 세포사회의 문제로 관점을 확대하여야 한다는 의미가 될 것이다.

　　현미경 속의 사회와 마찬가지로, 현실에서도 이러한 관점의 전환이 필요해 보인다. 세상이 다변화되고 사회가 복잡해질수록 개인들이 겪는 육체적, 정신적 질환들은 계속해서 늘어나는 추세이다. 특히 사고로 인한 외상 후 스트레스 장애를 비롯하여 재난, 혐오, 고용불안, 차별 등의 다양한 사회적 상처로 인한 질환은 우리가 자랑하는 놀라운 의약품 치료제로 치유될 문제가 아니다. 현미경 속 생명현상의 문제를 '통합적 접근법'으로 풀어가듯 우리 사회에서 발생하는 사회적 상처의 원인을 개인이 아닌 사회 공동체의 책임으로 관점을 변화시켜가려는 노력이 필요할 것이다. 사회역학을 연구하는 김승섭 교수의 저서 『아픔이 길이 되려면』에서 보듯이 한 개인에서 발생되는 질병의 원인을 개인이 아닌 사회에서 찾으려 하는 관점의 전환 역시 이 책 『세상물정의 사회학』과 맞닿아 있다고 하겠다. 이 책은 독자들에게 현실 세상에 대한 냉정한 인식을 요구하고 있다. 그러기 위해서 생명과학자들이 현미경 속 세상 물정을 객관적으로 파헤쳐가듯 우리는 우리가 살고 있는 이 사회를 냉정하게 볼 수 있는 매서운 눈을 가져야 할 것이다.

코로나 상념想念 ─────────────── •

'코로나 블루'라는 용어가 생겼다. '코로나19'와 '우울감blue'이 합쳐진 신조어로 요즘 같은 비정상적인 일상의 연속에 의한 우울감이나 무기력증을 뜻하는 말이다. 감염에 대한 우려와 사람에 대한 불신과 사회적 거리두기로 인한 일상생활의 제약이 커지면서 최근 많은 사람에게 나타난 증상이다. 2020년 초 코로나19 확진자가 크게 증가한 대구에 거주하다 보니 평소 연락이 없던 타지의 지인들로부터 안부 전화가 빗발쳤고 비로소 대구의 코로나 사태가 얼마나 심각한지 인지했다. 이후 감염에 대한 스트레스가 심해졌고 연일 보도되는 뉴스에 민감한 생활이 몇 달간 지속되었다. 대학 강의는 비대면 강의로 전면 조정되었고, 예년 같았으면 벚꽃놀이를 즐기던 사람들로 북적였던 캠퍼스는 학생들과 외부인의 출입이 전면 통제되었다. 학생 없는 교실에서 교수들은 익숙하지 않은 동영상 강의 제작을 한답시고 허공에 혼잣말을 정신없이 읊어대고 있고, 화면 속 얼굴 없는 학생들은 헤드셋을 끼고 무미건조한 언어들을 받아내고 있다. 학교를 가야 할 어린 자녀들은 컴퓨터 화면을 보며 게임 속 낯선 언어들로 쉴 새 없이 떠들어댔고, 가족들의 삼시 세끼를 챙겨야 하는 아내는 밀려가는 설거지처럼 정체된 생활 속에 점점 무기력해져 갔다.

확실히 사람 만나는 시간이 줄었다. 관중 없는 야구 경기를 TV 중계로 보며 혼술을 즐기고, 차츰 혼자인 삶에 적응해가고 있다. 늦은 시간까지 타인의 일로 논쟁하고, 고민하고, 나를 소모할 필요도 없다. 이른 시각 귀가해도 이상하지 않고 가끔은 사람들에게 마스크 속으로 내 표정을 감추어도 좋다. 바쁘게 살아왔던 일상이 멈춘 듯하다. 어… 그런데… 나쁘지만은 않다는 생각이 드는 건 왜일까? 이 당황스러운 변화에 귀결된 자유로움의 역설은 무엇일까? 그것은 아마도 그동안 사람들로 연결된 관계망 속에서 불필요한 언행과 불통으로 인한 오해들로 인해 서로에게 많은 상처를 주고받았기 때문은 아닐까? 혹은 앞만 보고 정신없이 달려가야 했던 삶에 지쳐버린 것은 아닐까? 코로나가 가져다준 자유로움의 역설

속에서 잠시 멈추기로 했다. 그래, 조금만 쉬었다가 가기로 했다.

코로나19는 많은 일상들을 바꿔놓았다. 신종플루와 메르스가 유행하던 때와는 비교가 되지 않을 만큼 사회적으로 광범위한 영향을 미치고 있다. 환율과 금값은 요동치고 비행기는 하늘을 날지 못하고 있으며 요식업, 관광업, 수출업 등 수많은 직업전선에 위험 신호가 감지되고 있다. 코로나19로 인한 신체적, 정신적, 경제적인 피해와 스트레스, 해소되지 않는 불안 심리가 가중되고 있다. 전국 의 앰뷸런스가 한 도시로 집결되고 두터운 방호복을 입은 의료진 들이 밤낮으로 환자를 위해 사투를 벌이고 다음 날 출근할 곳이 없 어진 한 가장의 거실 불은 밤늦도록 꺼지지 않는다. 코로나발 경 제 위기로 인한 한국 자본주의 사회의 양극화 현상, 실업 문제, 불 평등, 불안 등의 사회문제는 어느 때보다 심각하다. 항공업과 관광 업계를 필두로 여러 업종에서 무차별적으로 정리 해고가 진행되고 있는 지금, 사회 혼란은 가중되고 있다. 자살률 세계 1위, 산업재해 사망률 세계 1위라는 불명예스러운 훈장이 코로나로 인해 더욱 더 반짝거린다.

2009년에 있었던 쌍용자동차 정리 해고로 지금까지 수많은 해고자와 그 가족, 그리고 동료들이 뇌출혈, 심장마비, 당뇨 합병 증으로 그리고 더 많은 이들이 악몽과 두려움 속에서 자살로 인생 을 마감했다. 실업자를 위한 재취업 지원이 없고 공적 사회 안전망 이 취약한 이 나라에서 해고를 당한다는 것은 곧 살인이 될 수 있 음을 한국 사회는 여전히 부정하고 있다. 경제성장이라는 자본주의의 당연한 욕망 아래 많은 것이 당연치 않게 외면당하고 있다. 돈과 권력이 유일한 삶의 목적인 사회, 승리만 한다면 과정 따위는 중요하지 않은 사회, 이유는 모른 채 경쟁만 해야 하는 사회 속에서 우리는 헐떡거리며 살아가고 있다. 코로나19로 인한 실업률의 증가가 자살이라는 또 다른 비극으로 이어지지 않기 위해 이제는 국가가 병든 사회가 부르짖는 고통의 소리를 경청해야 할 것이다. 직장을 잃은 이들이 일터로 복귀할 수 있는 체계적인 사회적 제도를 국가가 나서서 구축해야 할 것이다. 이것은 한 국가와 사회가 이들로부터 버려진 한 사람을 어떻게 대할 것인가에 대한 기본적인 자세이자 철학이기 때문이다.

아파트 앞집에 살던 이웃이 이사를 갔나 보다. 리모델링 공사로 시끄러울 것이니 양해를 부탁한다는 공지가 엘리베이터 곳곳에 붙어 있고 연일 콘크리트 깨는 소리가 들린다. 그러고 보니 이사 나가는 이웃이 누구였는지도 잘 모르겠다. 두어 번 엘리베이터에서 마주쳤을 뿐 짧은 눈인사 이외에 대화를 해본 적이 없었던 것 같다. '정주定住'의 개념으로 설명되는 이웃의 존재는 책의 저자가 이야기하는 것처럼 부동산이 정해주는 가격에 따라 유랑하는 유랑민이기에 서로가 서로에게 무관심한 존재가 되어버렸는지도 모르겠다. 매일 울리는 긴급재난문자에 코로나19 확진자 동선이 공개되고 혹여나 감염이 될까 행색이 수상한(?) 이웃들이 오기 전에 엘리베이터 닫힘 버튼을 신속히 눌러대는 내 운동신경이 짐짓 놀랍기도 한 하루다.

한 시사 주간지에 실린 한국리서치의 통계조사에서 우리나라가 코로나19 방역에 성공하고 있는 이유가 한국인들이 순응적이고 수직적이어서가 아니라 한국인의 '민주적 시민성'과 '수평적 개인주의' 때문일 것이라는 분석이 나왔다. 방역에 적극 참여하는 시민일수록 자유로운 삶을 추구하지만 공동체에 기여하고자 하는 성향이 높게 나타났음을 의미한다고 한다. 설문지 분석을 통해 나타난 또 다른 놀라운 사실은 코로나19 국면에서 정부와 같은 공적 제도에 대한 신뢰는 상승한 반면 사회적 신뢰를 구성하는 요소인 낯선 사람에 대한 신뢰는 오히려 후퇴했다는 것이다. 즉, 실업자, 사회적 빈곤, 소득 불균형과 같은 복지 문제에 관해서는 오히려 보수적인 성향을 보인다는 것이다. 이 또한 코로나19로 인한 우리 사회의 변화된 한 단면일진대 과연 재난에 맞선 공동체의 대의가 무엇인지를 다시 한번 생각해봐야 할 것이다. 연일 핸드폰으로 울려대는 확진자 알림과 재난문자의 홍수 속에서 움츠러드는 일상이지만 지금 이 순간 우리 주위의 어려운 이웃에 대한 작은 관심도 움츠러들고 있는 것은 아닐는지. 마스크 너머로 "안녕하세요."라는 따뜻한 인사 한마디가 필요한 오늘이다.

온종일 비가 내리더니 모처럼 날이 활짝 개었다. 부분적 등교 조치로 집에만 있던 아이들이 학교를 나가기 시작했다. 첫날은 가기 싫어하더니 둘째 날부터는 아침에 안 깨워도 먼저 일어나 있다. 그래도 학교 가는 것이 좋은가 보다. 이사 온 앞집에서 갓 찐 이사

떡을 주고 간다. 이웃의 함박미소가 아름다운 저녁이다. 살면서 우리가 잃어가고 있는 것에 대해 잠시 상념에 빠져본다.

어떻게 살 것인가 ─────────────── •

얼마 전, 삼촌의 첫 번째 기일이 있어 부산에 다녀왔다. 위암으로 세상을 떠나신 지가 엊그제 같은데 벌써 1년이 훌쩍 지났다. 그리고 보니 작년에는 장인어른과 삼촌이 석 달 간격으로 그렇게 떠나가셨구나. 참 슬프고 힘들었는데 그때만큼의 슬픔이, 그 생생함이 지금은 내게 남아 있지 않다. 삼촌의 첫 번째 기일에 하나둘 친척들이 저마다의 바쁜 일상으로부터 모여든다. 짧은 안부 인사를 끝으로 좁은 집 거실 벽에 등을 기대고 앉아 멍하니 TV를 응시하며 제사 시간을 기다리고 있다. 침묵의 소리가 꽤 길게 울린다. 나는 무료함에 제사상이 차려진 안방으로 들어간다. 안방 벽 한편에 붙어 있는 부부 사진과 편지에 시선이 머무른다. 재작년에 삼촌이 숙모에게 쓴, 앞으로 행복하게 살자는 내용의 손 편지이다. 그리고는 몇 개월도 지나지 않아 갑작스럽게 돌아가신 거다. 돌아가시기 전 항암 치료로 몰라보게 수척해진 삼촌은 처음이자 마지막으로 눈물을 보이셨다. 아마 행복하자는 편지의 약속을 지키지 못하고 그렇게 빨리 떠나야 하는 현실에 대한 억울함이 아니었을까? 그래서인지 숙모도 마지막까지 삼촌을 쉽게 보내드리려고 하지 않았다.

더 살고 싶은데 어쩔 수 없이 질병이나 노화에 의해 죽음을 맞이하는 순간, 반대로 세상을 살아갈 자신이 없어 자신의 의지로 죽음을 선택하는 순간, 혹은 의식할 수도 없는 찰나에 발생한 사고로 인해 죽는 순간, 이 모든 순간이 생물학적으로는 모두 똑같은 죽음이다. 죽음의 품격이나 죽음에 대한 철학적 사유 따위는 사후 타인들의 개인적인 평가일 뿐 생명체로써의 죽음은 아무런 의미도 없다. 죽은 당사자의 몸속 세포는 죽음을 슬퍼하지도, 죽어가는 과정을 기억해낼 수도 없다. 의지와 관계없이 몸의 모든 신진대사와 모든 기억이 멈춰버리는 과정이다.

흥미롭게도, 인간에게 일어날 일들 중에서 죽음만큼 확실히 예측되는 사건은 없으며 그래서 죽음은 만인에게 평등하다고 한다. 누구나 죽음이 다가오리라는 것을 이미 알고 있으며 지금 이 순간도 우리는 죽음으로 한 걸음씩 다가가고 있다. 그럼에도 불구하고 누구나 한 번씩 겪을 당연한 일을 우리는 왜 두려워하는가? 다가올 미래를 준비할 수 있는 충분한 시간을 이미 부여받지 않았던가? 우리는 죽음 앞에서 조금 더 담대해질 수는 없는 것인가?

매일 저녁 뉴스를 통해서 접하는 다른 세상에서의 죽음과 달리 가족이나 지인의 죽음을 마주하는 우리의 감정 체계는 너무나 다르다. 이러한 차이는 사랑하는 이와 이별해야 하는 현실적 박탈감 때문만은 아니라 막연했던 죽음의 당사자가 자신이 될 수도 있다는 현실적 공포 심리에 기인한다고 한다. 아이러니하게도, 이러한 공포를 느끼는 사람들은 만인에게 평등한 죽음이 자신에게만은 다르게 적용되기를 바란다. 생물학적으로 동등하게 매겨진 죽음의 무의미가 철학적인 관념으로 재형상화되고 재해석되어 지기를 바란다.

실제 우리의 역사에서 인간의 죽음에 대한 공포는 죽음을 회피하는 것이 아닌 그것에 연속성을 부여하는 관념적 장치들을 통해 희석되어왔다. 예컨대 인간이 누리지 못하는 영생을 선보인 예수를 바라보면서 천국을 상상하거나, 세상만물에 동일한 가치를 부여함으로써 죽어서도 다시 세상에 회귀할 수 있다고 믿는 것이다. 이러한 관념적 장치들을 통해 인간들은 죽음의 공포로부터 일정 부분 위로받는 듯 보인다. 그럼에도 불구하고 대다수의 인간들은 사후 세계라는 또 다른 삶의 관념적 연장선을 넘기 위해 고안된, 믿음이라는 값비싼 보험을 들고도 죽음 앞에 마음을 쉽게 놓지 못한다. 또한 그러한 보험이 죽음을 두려워하는 인간의 가장 이기적인 선택임을 전혀 인식하지 못한다.

이제 '죽음'을 사회학자의 시선에서 바라보자. 책의 저자는 철학적 사유의 대상으로서의 죽음보다는 자본주의라는 사회현상의 관점에서 삶과 죽음을 연결 짓고 있다. 분유 회사로 시작해서 상조 회사의 고객으로 끝맺어지는 상품화된 인생, 그것이 우리네 인생의 단면이라고 얘기한다. 저자는 죽음이 만인에게 평등하다는 것에 동의하면서도 그 사람이 속한 사회적 계급에 따라 죽음에 다가

가는 방법이 달라진다고 이야기한다. 가난한 서민들은 죽음 앞에 무기력할 수밖에 없지만 돈과 권력을 누리는 사람들은 죽음을 유예할 수 있는 온갖 정보와 전문가 틈에서 본인에게 주어진 죽음을 다르게 인식하게 된다. 즉, 만인 앞에 평등한 죽음을 마음속으로 부정하는 것이다. 출생부터 죽음까지 시장의 법칙에서 자유로울 수 없는 인생의 쓸쓸함을 돈과 권력에 의존하여 보상받으려 한다. 마지막 죽는 순간까지 장례식장 VIP실에 머물며 최고급 수의를 입고 많은 조문객과 화환에 둘러싸여 떠날 수 있는 마지막 사치를 누리지만, 그의 죽음은 남들과 다른 의미가 있는 것일까? 아니, 그는 남들처럼 그저 사라진 것이며 또한 그의 죽음을 진심으로 애도하는 사람은 그다지 많지 않을 것 같다.

당신은 무엇을 꿈꾸고 있는가? 성공한 자만이 갖는 명품이라는 자본주의의 훈장을 받기 위해 치열하게 경쟁하여 마침내 명품을 살 수 있는 긴 대열에 합류한다. 구찌 가방을 들고 독일산 명품 승용차에 몸을 싣고 성공한 당신의 유전자가 대물림된 자랑스러운 아이가 가야 할 로드맵을 알려줄 최신형 내비게이션을 켠다. 이름도 외우지 못하는 어린이의 유니세프 후원증서가 진열된 거실 장식장을 바라보며 타인에 대한 배려가 깊음을 스스로 확인한 뒤, 당신을 지켜 줄 학연과 지연의 사회적 울타리를 견고히 치고 오직 당신만을 위한 삶을 묵묵히 살아간다. 주일마다 가끔 십일조로 회개하면 특별히 두려울 것 없는 삶이 완성된다. 이 얼마나 멋진 삶인가? 아들은 당신의 길을 따라 성공했고 당신은 이제 떠나도 될 만큼 나이를 먹었다. 이제 당신의 죽음을 애도해줄 많은 사람들만 있으면 된다. 천국의 입장권을 손에 쥐고 최고급 수의를 입고 맞이하는 죽음은 남부러울 것 없는 완벽한 죽음일진대 당신은 전혀 즐겁지 않은 것 같다. 책의 저자는 당신에게 즐겁지 않은 이유를 묻는다. 왜 즐겁지 아니한가? 당신의 사회적 계급을 드러낼 호화로운 장례식, 줄지어 전시된 근조화환을 마지막으로 당신을 전시할 수 있는 허락된 모든 시간이 끝이 났기 때문일까? 아니면 자본주의에 의해 상품화된 인생이 끝에 와서는 당신에게 아무것도 남겨주지 못한다는 현실을 차마 부정할 수 없기 때문일까? 정말 그렇다면 우리는 어떻게 죽어야 하는 것인가? 아니 그것이 의미가 없다면 질문을 바꿔보려 한다. 우리는 어떻게 살 것인가?

『세상물정의 사회학』에서 저자는 고통·회의·기쁨·사랑·의심·기대·분노·질투 등으로 버무려진 현실 사회에서 자신의 삶에 대한 절실함이 타인의 공감과 만나 삶의 보편성에 의한 공명을 지향하는 '좋은 삶'으로 연결되기를 갈망한다. 또한 많은 사람이 옳지 않은 사회를 비판할 수 있는 현실 인식과 대담한 용기를 가짐으로써 개인의 '좋은 삶'이 보편적인 '공감 사회'로 발전해나가기를 기대하고 있다. 그러므로 '좋은 삶'을 살아가도록 노력하고 그런 삶을 통해 공감하고 소통하는 사회를 만들어가는 것이 결국에는 어떻게 살 것인가에 대한 궁극적인 답변이 되지 않을까 싶다. 최근 읽은 유시민의 『어떻게 살 것인가』라는 책에서도 이러한 질문에 대한 비슷한 해답을 찾을 수 있다. 이 책의 저자 역시 '연대連帶'를 통해 타인의 고통과 기쁨에 공명하면서 함께 사회적 선을 이루어 나갈 때, 비로소 최고의 행복을 누릴 수 있다고 이야기하고 있다. 타인과의 공감을 바탕으로 한 사회적 연대, 그것이 좋은 삶을 살아갈 수 있는, 즉 어떻게 살 것인가에 대한 또 다른 좋은 해답이 되리라 믿는다.

이제 두서없는 글을 마무리하려 한다. 지금까지 이야기했던 인간의 죽음에 대한 성찰은 여전히 인간의 삶을 전제로 한다. 우리 인생은 젊었던 시간보다 젊지 않은 시간이 훨씬 더 길다. 저자 역시 젊음의 사멸을 유예하려는 애달픈 시도보다는 원숙한 노년에 대한 준비가 현명하다고 말한다. 죽음을 외면하기 위해서 마지막 순간까지 사익과 권력을 탐하고 비아그라를 찾는 현대인들 틈에서 자연주의자 스콧 니어링이 보여줬던 삶에 대한 진지한 태도는 삶과 죽음의 의미를 다시금 생각하게 한다. 더 높은 고지를 향해 다가가면 멀어지는 신기루를 쫓듯 항상 불안해하며, 조급해하며 살아왔던 젊은 날들을 내려놓고 이제 하강의 미학을 서서히 배워나가야 할 것이다. 나이가 들어가면서 농익는 원숙함으로 세상과 공감하고 소통해나가기를 바란다. '좋은 삶'을 살기 위해 노력하고 그렇게 살다 가면 되리라. 지금 사는 세상에서 나와 같지 않은 많은 사람을 이해하고 좋은 삶을 나누고 충분히 연대하면서 살아가기를 또한 바란다. 그리고는 아무것도 두려워하지 않은 채 웃으면서 세상을 마무리해가기를.

『다산의 마지막 공부』
『나를 바꾸고 세상을 바꾼다』
『어떻게 원하는 것을 얻는가』
『늙어감에 대하여』

2
장

내 마음의
온도

『다산의 마지막 공부』

조윤제 지음
청림출판, 2018

한방신경정신과 전문의 **구병수**

동국대학교 한의과대학 한방신경정신과 교수이며 동국대학교 부속 일산한
방병원 한방신경정신과 과장으로 근무하고 있다. 심신일여(心身一如)의 이론
을 바탕으로 각종 마음의 병으로 인한 신체 증상과 정신장애를 치료하고 연
구하는 한방신경정신과에서 오랫동안 화병(火病)과 두통 치료에 대해 연구
하고 진료했다. 현재는 치매와 건망증, 수면장애 등 뇌 건강 연구에 주력하
고 있으며, 불교에 근간을 둔 한의학을 지향한다
주요 번역서로는 『유문사친(공역)』 『의학심리학(공역)』 『전간치료영험방(공
역)』 『중서의학결합 정신병치료(공역)』 저서는 『분노, 어떻게 다스릴 것인가
(공저)』 등이 있다.

'심경'으로
살아가는 법을 배우다

우리는 삶의 무게를 각자의 생각이나 입장에서 가늠한다. 타인의 삶이 지닌 고통도 자기가 지닌 삶의 무게에 따라 제 나름대로 판단한다. 대부분 타인의 고통보다 자신의 고통을 훨씬 무겁고 버겁게 여긴다. 하루 24시간 동안 사람마다 고유의 생체 주기가 있듯이 인생에도 역시 사이클이 있다. 흔히 우리가 사주라고 말하는 명리학에서도 대운이라고 일컫는 기운이 나의 운세에 나쁘게 들어오는 경우에 몸이 심하게 아프든지 재물이 축나거나 주변의 사람들이 하나둘 떨어져 나간다. 이런 순간이 오면 우리는 극히 혼란스럽고 추락하는 날개 마냥 나락으로 떨어지는 고통을 느낀다. 인간의 삶에는 다소의 차이가 있으나 누구나 이러한 상황을 다 겪는다. 그때는 저절로 움츠러들고 외롭고 가슴 시리며 기막히게 일이 꼬이고 하는 일마다 악수惡手를 두는 경우가 흔하다.

나 자신도 이런 아픔을 겪을 즈음, 『다산의 마지막 공부』가 눈에 들어왔다. 특히, '마지막'이라는 단어는 절박함, 간절함을 내포하면서 비밀스러움을 담고 있는 듯했다. 임종을 앞둔 부모가 자식에게 일러주는 삶의 지혜나 스승이 제자에게 전해주는 학풍이 마치 비전의 처방을 전수하듯이 지금 삶의 멍에를 단박에 해결해줄 것 같은 기대감 때문이랄까.

'공부'라는 말은 내가 성인이 되기까지 부모에게서 수없이 들어온 말이다. 또 지금 나의 자녀들에게 '공부하라.'고 여느 부모처럼 강조하곤 한다. 이 책에서 자주 거론하는 공부는 내가 그간 듣거나 말하며 지금껏 강조해온 말과는 차원이 달랐다. 내가 공부에 대해 제대로 알고는 있는지 아쉬움이 느껴지는 일이다. 경전을 통해서 알아가는 공부는 먼저 마음을 다스리고 난 이후에야 참된 공부가 시작된다는 것을 알 수 있었다. 자기를 바르게正己, 정기 하고 자기를 조절克근, 극기하여 수신修身하여 이를 통해 이루고자 하는 모든 것을 이루는 것이다. 『중용』에 보면 "思事親 不可以不知人 思知人 不可以不知天 사사친 불가이부지인 사지인 불가이부지천"이라 했다.

지인知人. 이 말은 요즘 대두되는 맞춤의학이나 한의학에서도 적용되고 있다. 한의학에서 생체지표biomarker같이 환자의 개인적인 특성을 잘 진단하여 체질에 맞추어서 약효가 가장 잘 나타나는 한약을 사용하는 것도 지인을 적용하는 사례이다.

자기를 잘 알 수 있을까? 대개는 스스로 너무 힘들게 지내거나 극한 상황에 맞닥뜨렸을 때 자신을 돌아본다. 살기 위해서, 답을 찾기 위해서 말이다. 살기 위한 답을 찾으려는 본능적인 행동이다. 고통을 겪는다는 것 자체가 자기를 치유하는 길을 찾고 제 몸이 스스로 해답을 찾아가는 것처럼 나도 이 책과 인연을 맺게 되었다. 나의 몸과 마음이 극도로 고통스러울 시기에 이 책을 읽고 문득 옛 어른들이 하신 말씀이 하나도 틀리지 않다는 것을 깨달았다. 또 그 말씀들이 너무나도 절실히 가슴에 와닿았다. 이제야 그분들 역시 그만큼 고통스러운 시간을 보냈고, 그에 대한 해답을 구하려고 피나는 노력을 다하였음을 알겠다.

이 책에서는 『심경心經』 전문에 제시된 마음 수양에 연관된 유교 경전 구절을 공자, 증자, 맹자, 주자周子, 정자, 주자朱子를 중심으로 제시했다. 이를 통해 군자다운 삶을 지향하는 경전의 의미를 상세히 풀이했고 오늘날 우리가 공감할 만한 문구로 재해석하고 있다. 『심경』은 송대 정주학자 진덕수眞德秀, 1178~1235가 경서에 나오는 마음에 관한 격언 37개 구절을 뽑아서 편찬한 책이다. 그리고 명대 학자 정민정程敏政, 1445~1499이 『심경』에 대한 성리학자들의 주석을 모아서 편찬한 『심경부주心經附註』는 조선 성리학자들 사이에서 널리 읽혔다. 수양과 공부하는 법에 대해 경전에서 꼭 필요한 문구를 엄선하여 발췌한 것이다. 말하자면 동양의 심리학책이라 할 수 있다.

이 책의 부제인 '마음을 지켜낸다는 것'에서 '마음을 지켜낸다'

는『심경』에서 일러주는 의미와 연관이 있으리라. 우리는 극도의 스트레스를 받으면 마음이 무너져 내리거나 나락에 떨어져버릴 것 같은 위기를 느끼게 된다. 고통에 대응하는 법이 서툴러 자충수를 두게 되는 일이 허다하다. 일이 꼬인다 하며 타인에 대한 증오와 적개심을 갖고 상대에게 아픈 상처를 주어 점점 제 주변 사람들과 멀어지게 된다. 나중에 도움이나 위로를 청하려 해도 주위에 상대할 사람을 찾을 수가 없다. 그제야 내 자신이 혼자임을 실감하고 쓸쓸함에 사무치다가 자신의 삶이 어찌 흘러갈지 남은 생의 종착지를 가늠한다. 삶에서 무엇이 중요한지 헤아리려는 순간, 호흡으로 들이쉬는 공기, 눈에 보이는 하늘, 꽃, 늘 디뎌온 흙바닥이 얼마나 소중한지를 깨닫는다.

인생의 가장 밑바닥에서 다시 힘차게 날아오를 수 있는 힘은 과연 무엇일까. 심경은 바로 그 방법에 대해 전하고 있다.

다산 정약용은 강진에서 유배 생활을 하던 중 그의 나이 54세 되던 1815년에『심경밀험 心經密驗』을 저술했는데, 이와 같이 전했다.

"돌아보건대 나의 삶은 잘못되었으니, 노년의 보답으로 갚아야 할 일이다. 『소학지언 小學枝言』은 옛 주석을 보충한 것이고, 『심경밀험』은 몸으로 체험하여 스스로 경계한 것이다. 이제부터 죽는 날까지 마음 다스리는 일에 힘을 다하고자 하여 경전 공부하는 일을『심경』으로 맺고자 한다. 아! 능히 실천할 수 있을까."

나는 이 문장을 읽으며 한동안 마음이 저렸다. 마지막 구절의 탄식에서 마음 다스림이 이리도 힘든지를 고뇌하던 다산의 마음을 헤아릴 수 있었다. 정작 나 자신은 너무나 쉽게 마음먹지는 않은지, 마음먹은 대로 실천하는 데에 그 마음을 다해왔는지 깊이 돌아본다. 모든 것이 결국에는 마음을 다스리는 일로 귀착된다.

대학생 시절, 지하철에서 옆자리에 앉은 분이 『심경』을 읽고 있는 것을 보았는데 그 내용에 대한 궁금증이 깊이 자리 잡아 성균관대학교 교육원이 주관하는 유교 철학 강독을 수강한 바 있다.

송명 시대의 성리학에서는 심성수양론적 측면에서 마음 닦는 공부를 심학心學이라고 했다. 『심경』은 그 자체를 통독하는 것만으로도 정신적인 안정이나 기질적인 변화를 초래할 수 있다고 한다. 『심경부주』 제1권 「손대상징분질욕장損大象懲忿窒慾章」을 보면, 주자가 인용한 문구에 "여백공이라는 사람이 어릴 때, 성정과 기질이 조잡하고 포악하여 음식이 입에 맞지 않으면 집안 살림을 부수었다. 후일에 오랫동안 병이 생겼는데, 『논어』에 '자신의 몸을 스스로 두터이 하고, 남을 책망하는 일을 엷게 한다.'는 구절을 보고 마음이 편안하게 되어 평생 난폭하고 성내는 일이 없었다." 하여, 이것이 기질을 변화시키는 방법이라고 했다. 송나라 사람 여백공은 주자와 더불어 삼현三賢에 속하는 위인이다.

유가 심학의 도통은 요임금이 순임금에게 전한 열여섯 자인 '人心惟危 道心惟微 惟精惟一 允執厥中인심유위 도심유미 유정유일 윤집궐중'으로 근원을 이룬다. 이 경구는 '인심은 위태하고 도심은 미약하니, 정밀하게 하나가 되고 진실로 중中을 잡아야 한다.'라고 해석한다. 『심경』 제1권도 이 대목으로 시작하여 수행의 기준과 궁극적인 목적을 제시했다. 마음은 인심人心과 도심道心으로 구분이 되는데, 도심은 의로움, 인자함, 치우치지 않음이고, 사심은 개인의 욕심으로 나온다. 우리는 도심인 윤집궐중으로 지키기 위해 학문과 수양이 필요하고, 그 방법으로는 정밀, 하나, 진실 등으로 요약된다.

또한 인간이 가지는 고유한 본성인 네 가지의 실마리가 되는 사단인 '인仁' 측은지심惻隱之心, '의義' 수오지심惻隱之心, '예禮' 사양지심辭讓之心, '지智' 시비지심是非之心을 확충하여야 한다. 구체적으로 보면, 인욕을 막고 하늘의 마음을 보존하는 방법 제시는 신독愼獨, 삼가여 홀로 있음 부동심不動心은 도와 덕을 밝히는 것이고, 계구戒懼, 두려워하는 마음는 하늘의 마음을 보존하는 방법인 것이다. 이런 공부 방법의 가장 핵심이 되고 근간이 되는 것은 바로 경敬 공부 방법이다.

마음을 곧게 하다 ⸺⸺⸺⸺⸺ •

『심경』은 바로 이 '경敬'이란 한 글자에서 시작하여 '경'이란 한 글자에서 끝나고 있다. 때문에 '심경'의 마지막 권은 경을 어떻게 일상생활 속에서 실천해가야 할 것인지를 보여주는 경계의 글로 끝을 맺는다. 주자가 말하기를 "경(삼감)이 확립되면 안이 저절로 곧게 되고, 의(의로움)가 드러나면 밖이 저절로 바르게 된다. 경을 가지고 안을 곧게 하려고 하거나, 의를 가지고 밖을 바르게 하려고 한다면 잘못이다."라 했다. 반드시 안을 다스리는 경과 밖을 조절하는 의義를 동시에 공부를 하여야 한다. 또한 '主一無適주일무적, 整齊嚴肅정제엄숙, 其心收斂기심수렴, 常惺惺상성성'은 하나에 집중하고 가지런히, 익숙히 연습을 궁구하면 공부를 다하여 성인이 된다.'라고 했다.

경은 마음이 엉뚱한 데로 나아가지 않도록 마음이 깨어 있는 것이다. 안에서 마음이 고요할 때 명상하며, 밖으로 말하고 행동하는 매 순간을 살피고 성찰하는 수양법이다.

탐욕의 마음으로 스스로를 포기하거나 해치지 않는다면 누구나 끊임없는 공부와 수양으로 선한 본성을 회복할 수 있다. 사람과의 관계에서, 이익과 욕심을 좇는 욕구로부터 상처 나고 무너진 마음을 회복시키는 것은 생명의 기운이다. 생명의 기운이란 영원성, 지속성을 지닌다. 결과를 맺고 그치는 것이 아니라 끊임없이 행하는 것이다.

공자는 '오래된 약속도 평소의 말처럼 지키기 위해 노력한다면 완성된 사람이 될 수 있다.'고 했다. 오래된 약속을 지키기 위해 노력하고 꾸준히 유지하기 위해 흐트러지지 않는 것은 진실하고 철저한 사람이 되어야 가능할 것 같다.

평단지기平旦之氣. 이 넉 자가 강하게 마음을 움직여서 동틀 무렵 이른 시간 깨어나는 맑고 찬 공기에 온전히 마음과 몸 안에 기운을 모아들이고 쉬는 호흡에 집중해본다. 다시금 감정과 생각을 회복하는 순간이다. 분명 나도 세상도 어제의 '나'와 '세상'이 아니고 하나도 변함없는 평범한 일상도 쉬 끝날 것 같지 않은 고통도 시시각각 흘러간다. 그 무상함을 바로 알면 진실로 다가올 대상에 대해 긍정할 수 있는 기운을 낼 수 있을 것이다.

반구저기反求諸己는 준엄한 자기 점검의 자세를 일러준다. 문제에 직면했을 때 단순히 자기 안에 고립되어 멈추는 것이 아닌 거다. 자신의 의도와 잘못이 무엇이었는지 스스로가 바로 알고 외부에 미치는 영향을 직시한다면 마음과 표현을 여는 용기를 낼 수 있다.

하늘과 같은 본래 마음을 찾다 ──────── •

오래전부터 동양인은 하늘로 다시 복귀하려는 마음을 가지고 항시 하늘과 같은 마음을 가지기 위해서 수신修身을 통한 방법을 모색해왔다. 우리는 간혹 힘이 들 때나 그리울 때 하늘을 물끄러미 처다보곤 한다. 그러면 마음이 편안해지는 것을 느낀다. 하늘의 기운은 발산하는 기운, 별빛 역시 무한히 빛을 발산하는 것이다. 그러나 우리 중생의 마음은 무언가를 끌어당기는 마음, 빼는 마음이 주를 이루고 있다. 하늘의 마음과 인간의 마음은 정반대의 기운을 가지는 것이다. 오늘날 우리는 복잡한 사회나 물질적인 욕심으로 인해 자기의 본성, 즉 생명력을 상실하고 있다. 이에 선인들이 추구했던 마음이나 수양법이 부각되었으며 자연스레 우리의 마음이 이를 배우기를 요구하고 있다. 즉, 세상이 아무리 달라졌다 한들 우리가 살아가는 동안 자연의 순리를 거스를 수는 없다는 것을 깨닫게 된다. 혼자서 억지로 하려고 해서 되는 것도 아니다. 완고하게 고집을 부리거나 멈춰 있다면 멈춘 상태로 고이게 될 것이다. 물과 공기, 바람 등 모든 자연은 항상 흐르고 변해가며 날마다 새로워진다. 자연의 이치에 맞게 순리대로 선한 기운에 따르는 것이 소우주 자체인 인간이 한 생명으로서 지녀야 할 몸가짐, 마음가짐일 것이다.

맹자는 구방심求放心을 언급하면서 잃어버린 인의仁義의 마음을 찾아 양심을 회복해야 하며 이것이 진정한 학문의 길, 즉 마음 수양 방법이라고 강조했다. 남에게 차마 모질게 하지 못하는 마음, 맹자는 이 마음을 '측은지심'이라고 했고, 이는 공자의 철학에서 가장 핵심적인 개념으로 오늘날의 관점에서 보면 바로 사랑이다.

살아가면서 힘을 얻는 방법은 다양하다. 지치고 더 나아갈 힘이 없어 탈진하는 경우에 나는 늘 어디서 회복할 힘을 얻는가? 부모들은 자식이 커가는 모습을 보며 삶의 힘을 얻는다. 선인들은 아무리 배가 고파도 자식의 글 읽는 소리에 배가 부르다고 하지 않는가. 고량진미를 아무리 먹는다 한들 그 어떤 배부름에 비길 수 있겠는가. 어느 물질에 비할 바 없는 넉넉히 차오르는 너그러움, 포용력으로 세상에 당당히 맞서 지금 이 순간에도 우리는 살아가고 있다. 사랑하는 마음은 인생을 살아가는 데 참으로 소중하다는 생각이 절로 든다.

더 나아가 맹자가 말하는 사랑은 열려 있다. 부모를 공경하고 타인에 대해 어질어야 하며, 사물을 대할 때도 아끼는 마음을 지녀야 한다. 이렇듯 유가의 사랑은 점층적으로 확장된다. 따라서 군자는 사랑으로 더 넓게 더 깊게 세상을 포용할 수 있는 사람이다. 선한 의지를 깨치고 나의 부족한 면을 수정해서 채워나가는 데 용기를 내야 한다. 굳이 말하지 않아도 진심이 통하고 마음이 열리는 그 자체가 커다란 행복이다.

자신을 성찰하다 ─────────────────────────── •

다산은 진정한 신독愼獨이란 자신만이 알 수 있는 스스로의 마음을 깨끗이 하고 신중하게 다듬는 것이라고 말했다. 주자는 스스로를 속이는 것은 알면서도 최선을 다하지 않는다면 좋은 사람이 될 수 없다고 했다. 거짓으로 꾸미는 가식에 대한 경고이다. 오늘날 우리가 겪는 마음의 문제는 평소 스스로 자신의 내면에 대해 진지하고 꼼꼼하게 성찰하지 않았기 때문에 일어나는 것이다.

신독은 자신의 내면세계를 바로 알고 조절하는 데 중요한 방법이라 하겠다. 외부에 부딪히고 힘든 우리에게 원인을 밖에서 찾느라 억울해 하거나 화를 내지 말고 매일 자신이 했던 일을 되돌아보고 성찰하면서 마음을 단단하게 기르라는 깨달음을 준다.

중용은 인仁을 핵심으로 공자의 사상 체계에 방법론을 제시한 것이다. 일찍이 오 임금이 순에게 제위를 물려주면서 윤집궐중이라는 비결을 알려주었다. 감정을 다스리려면 먼저 그 감정이 드러나기 전의 상태, 즉 평상시의 마음을 다스리는 것이 우선이다. 평상시의 마음을 곧고 바르게 하여 지나치거나 치우치지 않도록 하는 것인 중中에 두는 것이 감정을 다스리는 근본이 된다. 중도란 본질에 맞게 덜어내고 보태는 것을 일컫는다. 형식과 격식보다는 진심으로 기리는 마음과 정성, 공경을 다하는 것이 중요하다. 중용은 이런 점에서 인간 사이에 마찰과 대립, 갈등을 극복하고 원만하고 조화롭게 살아가는 지혜를 말한다. 쉽게 말해 공자가 말했던 과유불급過猶不及이 뜻하는 바와 같다. 이를 위해서는 반드시 공부가 필요하다.

다산은 그의 산문 「퇴계 선생을 우러르며」에서 "우리는 허물이 있는 사람이다. 온갖 병통들을 이루 다 헤아릴 수가 없다. 여기에 딱 맞는 처방은 오직 개과改過이다."라고 했다. 자신이 못났다고 생각하면 금방 위축되거나 남에게 괜히 성을 내기도 하며 나의 단점을 감추거나 모른 척하기도 한다. 이야말로 오만이다. 나의 허물을 제대로 알아보고 받아들이는 '겸손함'이 나를 참다운 방향으로 이끈다는 것을 새삼 느껴본다.

이 책에 제시된 경구들이 읽는 이에게 해야 할 일에 거짓 없이 집중하라고 정신 차리도록 준엄히 일러주는 것 같다. 또한 어질게

베푸는 마음이란 유별날 것 없다는 따스한 조언도 담겨 있다. 늘 주위에 있는 사람들의 상황을 고려해서 스스로에게 거짓 없는 마음으로 행동하라는 말이다. 타인에게 꾸밈없이 진솔하게 대하기란 여간해선 쉬운 일이 아니다. 그게 바로 욕심 없이 순수한 마음을 먹는 일이 몸에 배지 않아서이다. 일상을 제대로 살아가려는 우리에게 꼭 갖추어야 할 덕목이며 충분히 할 수 있다는 생각이 든다. 그 마음이 깊이 자리하고 행하면 되는 일이다.

성실히 공부한다는 것 ─────────────── •

다산은 「두 아들에게 또다시 내려주는 교훈」이라는 편지글에서 '성실함'에 대해 전했다. "부지런함이란 무얼 뜻하겠는가? 오늘 할 일을 내일로 미루지 말며, 아침때 할 일을 저녁때로 미루지 말며, 맑은 날에 해야 할 일을 비 오는 날까지 끌지 말도록 하고, 비 오는 날 해야 할 일도 맑은 날까지 끌지 말아야 한다. 인간이 이 세상에서 귀하다고 하는 것은 정성 때문이니 전혀 속임이 있어서는 안 된다." 다산은 집안이 망한 가운데 장성한 아들들에게 고난을 이겨내며 세상살이를 할 수 있는 자세에 대해 '근검'을 강조했다. '성실함'은 주어진 상황에 대한 빠른 수긍이 아닌, 상황의 단점까지 보완해낼 수 있는 능동적인 자세를 보이며 잠재된 능력을 발휘하게 한다는 것을 근검을 실행한 자만이 알아챌 것이다.

군자가 스스로를 기르는 것은 안과 밖에서 항시 공부를 다할 따름이다. 게으르고 교만한 기운은 안에서 나오고, 악하고 편협한 기운은 밖에서 들어오는 것이니, 이 두 가지를 신체에 베풀지 않아야 한다. 그러한 의지를 갖고 몸과 마음을 다해 올바른 길을 가겠다는 결심을 하면 의로운 길로 나아갈 수 있다. 나를 지킨다는 것은 외부의 모든 자극을 막고자 스스로를 비우는 고립이 아니다. 내면을 좋은 것으로 채워나가는 것이다.

사상의학을 창시한 이제마는 『격치고格致藁』 중 「제중신편濟衆新編」에서 인생의 지극한 즐거움으로 다섯 가지를 꼽았다. '人生至樂有五인생지락유오, 一日壽일왈수, 二日美心術이왈미심술, 三日讀書삼왈독서, 四日家産사왈가산, 五日行世오왈행세.' 오래 사는 것, 아름다운 마음, 독서, 집안의 재산, 명성이다. 정이는 74세, 주자 70세, 퇴계 70세, 다산은 73세까지 장수한 걸 보면 힘든 세월을 보내면서도, 굴하지 않고 평생 수신과 수양修養으로 버텼다고 볼 수 있겠다. 선인들이 항상 몸과 마음의 조화로움으로 참되고 행복한 삶을 추구했음을 살필 수 있다. 『논어』 「안연편顔淵編」에 극기복례의 구체적인 예를 안연이 묻자 공자가 답한 것에 대한 주註를 보면 '습관이 하늘의 마음처럼 되어서 성현과 하나가 되는 것이다習與性成 聖賢同歸.' 그래야 배우는 것이 삶과 일에서 구현되는 것이다.

감성과 이성, 그리고 지성이 내면에서 조화를 이루어 용모와 행실에서 자연스럽게 배어 나올 수 있어야 한다. 그래야 말하지 않아도 사람들이 듣고, 이끌지 않아도 사람들이 따른다. 감성이란 축적된 지식에서 우러나오는 것이 아니다. 타인을 마치 자신처럼 이해하고 받아들이고자 하는 노력이 쌓여 몸에 새겨져야 느낄 수 있는 능력이다.

주자는 일상에서 몸과 마음을 지켜나가자는 권유에서 개인의 몸가짐에서부터 사람을 대하는 자세, 일에 임하는 마음가짐까지 평범한 일상에서 지켜야 할 법도를 말하고 있다. 진정한 경지는 남다른 것이 아니라 본질에 충실한 것이다. 마음도 마찬가지다.

이 책의 본문에는 『채근담』에 나온 "문장이 경지에 이르면 별다른 기발함이 있는 것이 아니라 다만 적절할 뿐이고, 인품이 경지에 이르면 별다른 특이함이 있는 것이 아니라 다만 자연스러울 뿐이다."라는 구절이 실려 있다. 하루의 삶에서 스스로를 지키고, 오늘 하루를 겪으면서 만나는 사람들에게서 근본에 충실할 때 도를 이룰 수 있다. 쉽게 이뤄진 것 같은 평범함 안에는 수많은 어려움을 겪으며 다듬어진 비범함이 숨어 있다.

그 마음을 어떻게 바로 세울 것인가? 다산은 "괴로움은 즐거움의 뿌리이며 즐거움은 괴로움의 씨앗이다."라고 했다. 다산은 지난 시간에 잃어버리고 살았던 '나'로 온전히 살아갈 것을 다짐하며 시련의 시간이 오히려 참된 삶의 기회라 여기고 흔들림 없이 학문과 저술에 매진할 수 있었다. 그의 진지한 자기 성찰은 그의 성품과 학문에 중요한 근간이 되었다.

절문근사切問近思는 공자의 제자 자하가 공부하는 자세를 가르친 말로 『논어』에 실려 있다. 간절한 자세로 배움을 구하고 뜻을 명확히 하는 것이다. 가까이 생각한다는 것은 일상적인 삶에서부터 실천하는 자세를 말한다. 나 자신의 내면을 바로 하기 위해 앞서 이루어진 것을 열심히 배우면 삶에 풍성한 이야기가 만들어지고, 또 배운 것을 다른 이에게 전하고 공유하면 내가 가진 소질을 가치 있게 키울 수 있다. 배우고 가르친다는 것은 해도 해도 끝이 없다. 터득해야 할 내용뿐만 아니라, 가르치고 배우는 일은 우리가 사랑과 정성을 다하며 노력할 바가 있는 소명이다. 지금 이 시간을 알차게 보내고 있다는 뿌듯함, 해야 할 바를 바르게 하고자 하는 의지를 굳힌다. 먼저 생각愼을 통해 올바른 이치를 알고, 해서는 안 될 일을 삼감敬으로써 마음을 굳게 지키고 일을 이루는 데 성실을 다해야 한다.

『대학』에서 말하는 '정심'을 통해 확고한 신념이 얼마나 중요한지 깨닫게 된다. 떠벌리지 않고 묵묵히 일하고 발을 땅에 디디고 성실하게 처신을 하면 비록 남이 알아주지 않아도 세월이 흐르면서 점차 자신의 실력을 드러내게 된다.

날마다 새롭게

인생을 끊임없이 새롭게 하는 과정으로 여기는 것, 이를 '일신 우일신 日新又日新'이라 말했다. 수신과 존양은 우리의 생명 안에 있는 오래된 폐단을 끊임없이 끊어내며 날로 새롭게 하는 과정이다. 꾸준하게 심신을 수양할 수 있어야 매일 아침 일어날 때 새로운 생명의 탄생을 몸으로 체험하고 가슴 가득한 열정을 새로운 하루에 반영할 수 있다. 수신이란 자신의 내면에 집중하여 번잡하고 불필요한 마음의 찌꺼기를 걷어내고 한계를 발견하여 이기는 힘, 곧 자기 자신과의 치열한 전투를 일컫는다. 맹자는 권력과 물질 앞에서 당당했다. 즉, 맹자가 추구했던 호연지기가 지닌 선함과 올바른 뜻은 귀하고 큰 것이다.

조선 시대 진정한 선비는 응당 백성을 위하고 나라를 걱정하는 마음을 당연히 지니기 위해 노력했다. 특히, 다산은 그의 산문 「조승문弔蠅文, 파리를 조문하다」 등을 통해 민중에 대한 지극한 연민으로 현실의 모순을 직시하고 백성의 형편을 외면한 부당한 권력을 비판하고 일할 줄 모르는 선비들의 무사안일한 자세를 바로잡으라고 지적했다.

나 자신을 제대로 바로 세운 사람은 세상살이의 부당함을 외면하지 않는다. 분명 지금의 세상은 현인들이 살았던 예전과는 제도와 생활 방식이 많이 다르지만, 개인의 삶과 공동체의 문제가 뒤틀리고 얽혀 있기는 매한가지다. 예나 지금이나 약자의 처지를 외면하거나 이익을 얻기 위해 정치적 경제적으로 문제를 왜곡하여 종국엔 사회 곳곳에서 살아가는 삶의 파국을 초래하는 데에 이르기도 한다.

공자와 맹자가 일러준 인의仁義는 사람을 살리는 길이라 했다.

오늘의 우리 사회가 겪고 있는 환경문제, 경제 위기, 감염병, 화재 등의 재난 상황은 어느 누구에게든 닥칠 수 있다. 나의 몸과 마음을 바르게 인지하고 나를 둘러싼 시간과 환경에 잘 어울려야 한다. 그리고 과정과 원칙이 바르다면 다양한 몸과 마음을 지닌 사람들 간에 서로를 지지하는 자세가 필요하다.

이 책을 읽고 정리하며 그간 공부했던 내용을 다시 한번 점검해보는 기회가 되었다. 무엇보다『심경』을 비롯하여 유교 경전을 대하면 우리의 본성이 선하다는 것을 깨닫는 것은 살아가는 데 참으로 큰 힘을 얻는다. 이 책에서 말하는 '마지막 공부'도 이것을 발견하는 축복된 일이다. 하지만 매 순간 과오를 범하여 흐트러지는 것은 담이 무너지듯 한순간이다. 나를 진심으로 존중하고 아낀다면 "멀리 가지 않고 돌아올 줄 알아야 한다."는 공자의 말처럼 양심에 따라 나의 가치를, 나의 장단점을 보완하며 살아가는 데 꾸준해지자고 다시금 다짐한다.

마음이 지키며 살아가기 힘든 분들에게『다산의 마지막 공부』서두에 나오는 문구를 읽어보라고 권하고 싶다. 이 문구를 대하면 다시 일어설 기운을 얻는 데 큰 도움이 될 것이다.

하늘이 장차 그 사람에게 큰 사명을 내리려 할 때는, 먼저 그의 심지를 괴롭게 하고, 뼈와 힘줄을 힘들게 하며, 육체를 굶주리게 하고, 그에게 아무것도 없게 하여 그가 행하고자 하는 바와 어긋나게 한다. 마음을 격동시켜 성질을 참게 함으로써 그가 할 수 없었던 일을 더 많이 할 수 있게 하기 위함이다.

－『맹자』「고자」하편

이 책을 소개하며 다시금 다져본 나의 '공부'에 대한 간절함이 삶의 지혜를 전수하는 선인들과 통하고 각자 삶의 무게를 이겨 내며 살아가야 할 사람들과 함께 공감하고 서로 응원하는 그래서, 조금이나마 좋은 기운을 보태기를 바란다.

『나를 바꾸고 세상을 바꾼다』

크리스토프 앙드레, 존 카밧진, 마티외 리카르, 피에르 라비,
카롤린 르지르, 일리오스 콧수 지음, 이세진 옮김
은행나무, 2016

분자노화생물학자, 생화학자   정해영

부산대학교 약학대학을 졸업한 뒤 일본 도야마대학교에서 생화학 전공으로 약학 박사학위를 취득했다. 현재 부산대학교 약학대학 석학교수로서 시스템 노화과학을 연구하고 있다. 한국과학기술한림원 정회원으로 활약하고 있으며, 한국노화학회장, 부산대학교 약학대학장, 분자염증노화제어연구센터장을 역임한 바 있다. 건강·과학 분야 서적뿐만 아니라 동서양의 철학, 과학 및 자기계발 관련 책들을 독파하면서 동서양의 만남을 추구하고 있다. 저서로는 『성공을 만드는 희망유전자(공저)』 『노화와 영양의 분자기전(공저)』 『절식과 간헐적 단식의 효능(공저)』 등이 있다.

명상을 통한
행복한 세상

이 세상을 움직이는 가장 큰 힘은 진심과 사랑 그리고 자비라는 것을 늘 느끼고 생각해왔다. 테레사 수녀의 이타 정신과 프란체스코 교황의 사랑은 동양 사상에서의 '내 주위를 바꾸기 전에 내 속의 진심과 사랑을 가득 담고 있는 참된 자기를 찾아서 세상을 바꾼다.'라는 말과 통한다. 그리고 나는 이것이 동서양의 위대한 진리라고 생각한다. 나는 이와 관련된 서적을 좋아해서 찾던 중 『나를 바꾸고 세상을 바꾼다』라는 책을 접하게 되었고, 많은 부분에서 공감했기에 이를 소개하고자 한다.

이 책의 취지는 현대사회의 제반 문제들을 해결하기 위하여 철학자, 사상가, 심리학자, 과학자 들이 토론을 통해 세상 변화의 주체가 되고자 하는 구호단체인 에메르장스 협회가 추구하고 있는 이념을 바탕으로 한 일종의 자기계발서이다. 이 책에서는 사람들은 불의를 보면 이를 바로 잡기 위하여 정의를 실현하고파 하는 양심을 가지고 있어서, 이 양심에 호소하여 인간과 자연을 사랑하는 세상을 만들어야 한다고 주장하고 있다.

이러한 차원에서 지혜로운 여섯 명의 저자들이 각자의 방식으로, 자신의 마음을 바꿔 세상을 바로 하려는 의도로 집필을 했다. 저자 각각의 면면을 살펴보면 그 이력이 화려하다. 크리스토프 앙드레는 정신과 의사로서 심리 치료와 마음챙김 명상을 지도하며, 이와 관련된 학술 논문들을 발표하고 많은 저술 활동을 했다. 존 카밧진은 분자생물학을 전공한 박사로서 메사추세츠의과대학교 교수이며, 의학에 마음챙김 명상을 도입하고 마음챙김을 통한 스트레스 완화MBSR 프로그램을 개발했다. 마티외 리카르는 파스퇴르연구소에서 유전학을 전공했고 인도와 히말라야 등에서 수행하다 승려가 되었다. 또한 인도주의를 표방하는 단체를 설립하기도 했다. 피에르 라비는 농부이면서 사상가인데 식량과 자연을 보호하면서 모두가 잘 살 수 있는 농사 기술을 개발했다. 카롤린 르지르와 일리오스 콧수는 에메르장스 협회를 공동으로 설립했으며, '나를 통해서 세상을 바꾸기'를 위한 시민운동과 교육에 관련된 일을 하고 있다.

책의 내용을 간단히 요약하면, 1장 카롤린 르지르, 일리오스 콧수, 마티외 리카르와 피에르 라비가 공동 집필한 「오늘날의 문제에 답하다」에서는 개인과 지구의 변화가 어떠한 상호 관계에 있는가에 대해 논의하고 변화의 필요성에 대해 언급한다. 2장 크리스토프 앙드레가 집필한 「인간을 소외시키는 사회에서 벗어나라」에서는 사회가 어떻게 우리를 소외시키는가에 대해 설명하고, 이에 대한 몇 가지 해결책들을 생각해본다. 3장 존 카밧진이 집필한 「마음챙김, 자기 안의 혁명」에서는 사람들 간 관계 변화가 세상에 어떠한 영향을 미치는지에 대해 논했다. 현재 전 세계적으로 확산되어 활용되고 있는 마음챙김 명상도 소개하고 있다. 4장 마티외 리카르가 집필한 「내일은 이타적인 사람들의 세상으로」에서는 이타적인 세상의 실상을 묘사하고 있다. 5장 피에르 라비의 「함께 변화의 씨를 뿌리다」에서는 인간과 자연의 상호의존성에 대해 설명하면서 자연보호를 통해서 조화로운 세상을 만들자고 제안하고 있다. 6장 카롤린 르지르와 일리오스 콧수가 집필한 「행동하는 양심」에서는 우리의 자각과 생각이 어떻게 행동으로 옮겨지는가에 대해 언급하고 있다.

이 책의 저자들은 세상의 변화를 위하여 타인들과의 관계를 개선하고, 어떻게 생각하고 행동하는지에 대한 구체적인 실행 방안을 통해 누구나 행동으로 옮길 수 있는 실천적 대안을 제시한다. 개인과 사회 변화는 어떻게 상호작용하는지, 우리의 의식과 사회 변화는 어떤 관계에 있는지, 지속적 변화를 위해 타인과 어떻게 관계를 맺어야 하는지에 대한 의문을 던지면서 일상적 실천의 방법을 제시한다. 독자들의 마음에 희망의 열정을 불러일으키고, 우리는 자연의 한 부분이고, 자연은 무한한 잠재력과 창조성을 지니고 있다고 강조한다. 공정하고 영원한 세상을 만들기 위한 우리 개인의 바람직한 사고와 행동, 즉 '나를 바꾸고 세상을 바꿀 수 있다.'라는 신념으로 보다 나은 사회를 만들 수 있다고 제안한다. 이것은 동양의 경전인 『대학』에 나오는 '格物致知 誠意正心 修身齊家 治國平天下 격물치지 성의정심 수신제가 치국평천하', 즉 사물의 이치를 깊이 파고들어 앎에 이르고, 이를 체득해서 먼저 자신을 진실되게 하고, 마음을 올바로 한 후에, 몸을 닦고 집안을 가지런히 하고, 나라를 다스려 세상을 태평하게 한다는 내용과 일맥상통한다고 생각할 수 있다.

물질 만능 시대의 폐해로 인한 자연의 파괴 즉, 기후변화, 오존층 파괴, 바다의 산성화, 폐플라스틱, 미세먼지 등의 모든 위협적인 존재는 우리와 자연이 별개라는 생각에서 비롯된다. 인간의 배설물은 미생물에 의해 분해되고, 식물에게 가서 결국에는 우리에게 좋은 단백질과 신선한 산소로 돌아온다. 이와 같이 자연의 미생물과 식물들 덕택에 우리가 존재하고 살아갈 수 있다는 것을 깨달아야 한다.

또 한편으로는 우리는 황금만능주의로 빈부 격차가 심해지면서 점점 약육강식의 세태로 변해가는 것을 그냥 방치할 수 있는가, 지금 여기서 모든 인류가 더불어 행복하게 살아갈 수 있는 방안은 없는가에 대한 의문을 가지고 이 책의 저자들은 그 대안을 제안하고 있다. 그들은 '내가 세상이고, 세상이 나'라는 인식을 우리 모두가 깨닫기 위해 내 속의 참된 의식과 진리를 일깨우는 마음챙김 명상을 강조하고 있다.

마음챙김 명상은 동양 사상에서 정신 수양법의 기본이고, 모든 세상 이치가 나의 마음에서 비롯된다는 것을 깨닫기 위한 수행 방법의 하나이며, 석가를 비롯한 노자, 장자, 공자 등 옛 성현들도 강조한 마음 수행법의 일종이다. 이를 통해 인간과 자연이 하나라는 사상을 터득하게 되므로 이의 중요성을 강조해왔다.

인간은 경제적, 사회적, 환경적 문제가 생기면 여기에 저항하고 이를 바르게 하려는 양심을 가지고 있다. 그러므로 우리가 어떤 부조리를 봤을 때 이를 바로 하려는 양심이 스스로 우러나오고 그것은 올바른 생각으로, 또 그 생각을 행동으로 옮기게 된다. 이러한 문제 해결 능력은 외부보다는 우리 내면에서, 이를 해결할 수 있는 강인한 내면 의식이 작용한다. 즉, 인간과 자연이 하나이고, '나'와 '너'가 하나라는 것을 깨달음으로써 나를 올바르게 하면 세상을 바꿀 수 있는 능력이 스스로 나오게 된다. 또한, 우리는 연민과 공감의 힘을 가지고 있다. 우리 모두가 연계되어 있고 서로 유대감으로 이어져 있는데 명상을 통하면 이러한 연계성에 대해 더욱 실감할 수가 있다. 이것은 석가가 갈파한 연기법과도 일맥상통한다.

명상을 통한 의식 확장으로 많은 지혜를 체득하고, 서로 간 공감의 역량을 키워나가면 세상의 환경, 사회, 기후 등의 제반 문제를 해결하려는 진리에 공감하게 되고, 그를 통해 내가 바뀌면 나와 연계되어 있는 주위 사람들이 바뀌어 세상이 바뀌어나간다고 한다. 여기에서 말하는 지혜는 삶의 문제이며, 단순히 앎의 축적인 지식과는 다르다. 동양에서는 앎이 행동으로 체득되어 삶으로 실천되지 않으면 아무런 의미가 없다고 생각한다. 그러므로 서양이 강조하는 지식은 앎의 차원이고 동양에서 강조하는 지혜는 삶의 차원을 말하고 있다. 우리가 책을 읽으면 올바른 지식이 머릿속에 입력되고, 그것이 실천으로 이어져 체득되면 지혜라고 부를 수 있다. 책을 읽고 앎의 수준에서만 머물면 나의 문제로까지는 연결되지 않아서 실천으로 이어지지 않는다. 앎의 지식이 우리 잠재의식, 무의식까지 스며들어야 삶으로 체득될 수 있다.

『생명과학자의 서재』를 집필한 독서 모임의 명칭이 '탐독사행' 이다. 이것은 독서를 통해서 알게 되는 지식을 생각하고, 행동으로 바꾼다는 의미가 있다. 이것이 바로 독서를 통해서 지식을 행동으로 옮기는 지행합일知行合一과 일맥상통하고 앎을 삶으로, 지식을 지혜로 바꾼다는 의미도 내포하고 있다고 생각한다. 즉,『나를 바꾸고 세상을 바꾼다』내용에 이러한 사실을 비추어 볼 때, 앎과 삶을 일치시키기 위해서 마음챙김 명상을 하여 우리 내면의 의식을 확장하게 되면 삶의 지혜가 밝아져 더 좋은 세상으로 바꿀 수 있는 위대한 힘이 나오게 될 것이다.

현대사회의 문제점들은 물질주의, 과소비와 과용, 금전에 대한 지나친 집착, 디지털 기기의 유혹, 시간 압박의 위험 등이다. 물질주의는 균형 잡힌 내면 의식인 무형의 가치를 무시하고, 부귀공명과 같은 가시적인 것을 중요시하는 태도에서 비롯된다. 우리가 물질주의에 빠질수록 일시적인 달콤한 욕구 충족을 맛볼 수는 있으나, 연속적인 행복과는 거리가 멀어져 결국엔 황금만능주의에 빠지게 된다. 이러한 현 세태 속에서 우리의 내면 의식을 확장하고, 양심과 공존의 가치를 인식하기 위해서는 마음챙김 명상이 필요하다. 이를 통해서 공존의 당위성을 깨닫고, 자연과 상호의존하면서 살아가는 생활 방식을 터득해야 한다. 그리고 심호흡이나 명상을 통해 내 몸 내면의 소리에 귀를 기울이면서, 감사와 너그러움으로 충만한 마음 즉, 마음의 회복 탄력성인 마음의 근육을 키워나가야 할 것이다.

최근 개발도상국들에서 인스턴트 식품이나 정크푸드와 같은 과영양 식품의 섭취가 높아져 이에 기인한 대사성 질환 즉, 고혈당증, 고지질증, 고혈압증 등과 같은 증세가 발생했고 이것이 점점 더 진행되면서 결국에는 심혈관계 질환으로까지 진행되어 인간의 삶의 질을 저하시키고 있다. 카페테리아 쥐 실험의 예를 보면, 쌍둥이 쥐들을 두 그룹으로 나누고, 한 그룹은 곡물, 채소 등의 절제된 일반 먹이를 먹이고, 또 다른 그룹은 달고 짠 과영양의 정크푸드를 자유롭게 먹게 했다. 정크푸드를 자유롭게 먹인 그룹은 식욕을 제어할 수 있는 제어 능력을 잃어버리고, 지속적으로 과식함으로써 비만, 당뇨 등의 대사성 질환과 같은 성인병에 걸리게 되었다. 현대인들은 물질문명의 영향으로 소박한 가정식보다는 정크푸드, 외식 등으로 과영양 섭취를 하게 되고, 이로 인해 뇌의 시상하부 식욕중추의 조절 능력을 잃게 되어 과식과 과체중의 악순환으로 비만, 당뇨, 고지혈증 등의 현대병에 걸리게 된다.

필자는 식이 조절 실험을 통해 자유롭게 먹인 자유 식이군의 쥐와 이의 60퍼센트의 먹이를 준 식이 제한군의 쥐 내부 장기의 색을 비교했을 때, 우선 자유식이군은 내부 장기가 모두 검붉은 색이지만, 식이 제한군 쥐의 내부 장기는 건강하고 밝은 선홍색으로 변하는 현상을 보고 절제된 식이가 얼마나 중요한가를 절실히 깨달았다. 또한 혈액의 생화학 지표, 내부 장기의 유전체DNA 총체와 전사체RNA 총체를 분석한 결과, 자유 식이를 하면 몸에 해로운 염증과 지방축적의 유전자들이 많이 발현되고, 식이 제한을 하면 이들이 확연히 조절되어 질병에 대한 내성을 가진다는 것을 확인했다. 이러한 연구는 절제의 중요성을 강조하고 있다.

현대인들은 시간 압박의 위험에 처해 있다. 우리는 주말, 휴가 중에도 과도한 업무에 시달리며 스트레스에 시달리고 있다. 과도한 시간적 압박 속에서 비인간적인 사회의 힘으로 우리의 일상을 가속화시키고 우리는 이에 휘둘리고 있다. 그래도 대안은 있을 것이다. 명상을 통해서 우리를 자연과 연계시켜주고, 서로 공감하게 하는 내면의 의식을 확장하면서 마음의 탄력성을 회복시켜주는 마음챙김 명상의 수양법이 좋은 대안이 될 것이다.

현 세태가 잘못되어 파괴되고 있는 것들을 직시하고 세상을 바르게 하려는 희망, 즉 양심과 미덕에 호소하면서 미래에 대한 원대한 희망이 담긴 신념을 품고 지속적으로 원하면, 그것은 행동으로 실현되고 연약한 우리 인간은 구원될 수 있다고 생각한다. 이러한 측면에서 볼 때 인간은 자연과 서로 연결되어 있기 때문에 자연으로부터 많은 혜택을 받을 수 있으며, 자연에서 분리될수록 인간은 더욱 힘들어진다는 것을 깨달아야 한다. 동양의 문자인 사람 '人' 글자를 보면 두 사람이 기대고 있는 형상을 하고 있다. 그리고 휴식의 '休'를 보면 사람이 자연의 나무 옆에 있어 휴식하고 있다는 것을 의미한다. 그러므로 인간은 타인과 함께 자연과 더불어 살아가는 것을 강조하고 있다. 이러한 삶을 위해 컴퓨터, TV, 게임과 같은 디지털 문명을 적절하게 디톡스하고, 마음챙김 명상을 통해 늘 감사와 너그러운 마음을 고양시켜야 할 것이다.

마음챙김 명상은 우리가 모두 연계되어 어떤 네트워크에 속해 있음을 깨닫고, 내면의 의식을 확장시키는 마음 수양법이다. 이를 통하여 세상의 참된 진리法를 깨닫는 도道를 얻는다. 즉, 우리 자신과 온 우주인 자연은 서로 연계되어 있고, 광대무변하는 시간의 흐름 속에서 영속적인 변화의 흐름에 속해 있다는 의식이 생겨 마음의 회복 탄력성을 얻게 된다. 또한, 마음챙김 명상이란 아무 판단 없이 지금 이 순간에 마음을 집중하여, 몸과 마음을 알아차리는 능력을 터득하는 수양법으로 우리 내면의 무한한 가능성을 계발하고 도야시킨다. 그냥 내 몸의 호흡 그 자체의 변화에 마음을 집중하라. 무심으로 지금 이 순간 자신의 진정한 본성을 알아차리면 된다. 마음챙김 명상법에는 몸 관찰, 느낌 관찰, 마음 관찰, 성품 관찰 등이 있는데 몸의 움직임, 느낌의 변화, 마음의 작용, 성품들의 변화를 매 순간 마음챙김하는 것이다. 이의 실제 수행법으로는 앉아서 하는 수행, 걸으면서 하는 수행, 일상생활에서 하는 수행이 있다.

① 앉아서 하는 수행법: 마음을 차분히 가라앉히고, 편하게 앉아서 숨을 들이쉬며 하복부가 점점 불러질 때 '차오름', 숨을 내쉬며 하복부가 꺼져갈 때 '꺼짐', '엉덩이의 닿음과 들림', '앉음과 일어섬' 등을 천천히 마음으로 관찰한다. 이러한 수행은 자신의 집착에서 벗어나 몸과 마음을 건강하게 하고 의식을 확장할 수 있다.

② 걸으면서 하는 수행법: 걸으면서 발걸음의 움직임을 살피는 것. 즉, '오른발, 왼발', '듦 - 놓음', '듦 - 나감 - 놓음', '누름'을 마음으로 관찰하고, 이들을 더욱 세밀하게 나누어서 마음챙김한다.

③ 일상생활에서 하는 수행법: 음식을 먹을 때 '음식을 봄 - 팔을 뻗음 - 숟가락이 닿음 - 팔꿈치를 당김 - 음식을 입 쪽으로 가져옴 - 입을 벌림 - 입에 넣음 - 씹음 - 맛을 앎 - 삼킴'을 매 순간 마음으로 관찰하고 알아채며 이외에 몸을 움직일 때, 대소변 시, 잠잘 때, 모든 일체의 행동을 마음챙김하는 수행법이다.

계속해서 수행하게 되면, 여러 가지 느낌이 일어나고 사라져 가는 수행의 실제를 알게 되고, 이를 통해 어떠한 느낌도 영원하지 않음을 알게 되어 일체가 무상, 무아라는 지혜를 얻게 되고 고귀하고 성스러운 진리를 터득할 수 있게 된다. 이러한 마음챙김 명상은 마음 수양법의 하나로 불교에서 시작되어 현재는 전 세계로 전파된 체계적인 명상일 뿐만 아니라 정신건강 유지에도 많은 도움이 된다는 보고가 있다.

과학의 정신과 연구 방법이 주로 외부의 보이는 것을 지향하면서 분석적으로 객관화하는 데 치중하는 반면, 명상은 내면적인 의식을 확장하면서 인간과 자연, 몸과 정신, 개인과 사회, 나의 소우주와 온 우주가 모두 연관되어 있다는 것을 터득하게 한다. 마음챙김 명상은 육체, 정신, 감정, 세상의 모든 것들이 연관되어 있고, 전체 속에서 우리가 포함되어 있다는 것을 깨닫고 넓은 의미에서 몸과 마음, 사회까지도 치유한다.

세상을 바꾸고 싶다면 참된 나를 찾고 서로 더불어 살아가고자 노력하며 이타주의적으로 협동을 더 중요시하는 세상으로 가야 한다. 학교에서 아이들에게 이타주의를 가르침으로써 차별의 뿌리를 뽑을 수 있고, 지구상의 모든 어린이에게 모든 일에 감사하며, 이타적인 생각으로 평화를 바라며 온 세상 모두가 서로 상호의존적임을 일깨워주어야 한다.

일본 오키나와 북부의 장수촌 사람들은 사회적 유대가 좋고, 프랑스 노년층에서도 웃고, 춤추고 서로 함께 나누는 좋은 사회적인 유대가 수명 연장의 묘약이었으며, 정신건강, 심혈관계, 면역체계에도 좋은 영향을 미쳐 치매 발병을 낮추고 수명을 연장시켰다고 한다. 이것은 사회적인 유대로 협동하는 삶이 개인 건강에도 도움이 된다는 것을 의미한다.

　　개인의 의식구조, 양육방식, 사고방식이 바뀌면 신경 가소성에 따라 뇌의 변화와 신경전달물질이 유리되고, 이 신경전달물질이 우리 몸속 세포에 작용하여, 수많은 유전자를 구성하고 있는 DNA에 작용하는 단백질 집합인 전사인자들을 변화시키며, 수많은 유전자의 발현에 영향을 주어 생명현상이 발현된다. 전 세계의 오피니언 리더들과 간디, 넬슨 만델라, 달라이 라마와 같은 인류의 정신적 지도자들도 사람의 행동과 성찰하는 방식에 영향을 주어 후생유전학적 변화를 통해 사회 변화의 주요한 요인이 되었을 것이다. 이와 같이, 우리 각자의 이타적인 사고가 우리들의 행동을 바꾸면 그로 인해 내 주변이 바뀌고, 나와 내 주변과 온 세상 모든 것들이 연계되어 있으므로 세상이 바뀌어갈 것이다. 마지막으로 마티외 리카르는 좀 더 인간적인 사회를 이룩하기 위하여 이타적인 실천의 동기를 유발하고, 환경오염의 주범인 축산오염물을 줄이기 위해 육식을 줄이고 모든 것에 과하지 않게 소박하게 행동하라고 제안하고 있다.

　　대자연의 일부인 땅을 돌보는 것은 사랑의 여러 가지 표현 중의 하나이고, 땅은 거짓말을 하지 않고 순수하며 나와 땅은 연결되어 있다. 농부가 땅을 사랑하듯 인간과 자연 사이의 관계가 상호의존적이며 조화와 균형이 깃들어 있다. 자연을 바라보면, 내 안에서 무한한 감동을 느낀다. 인간은 수천 년 동안 자연과 밀접한 관계를 유지하면서 같이 호흡하고 생동하면서 살아왔다. 근대화는 인간이 시간과 맺어온 관계를 깨뜨렸다. 속도가 중요해져서 모든 곳에서 '빨리빨리'라는 습성이 생겼고, 이는 공간마저도 바꿔버렸다. 우리는 항상 시간의 강박 속에 살면서 늘 스트레스를 받아 시간의 노예가 되고, 일부는 신경증까지 얻게 되었다. 그에 대한 대안으로 최근 유행하는 텃밭 가꾸기는 자연의 리듬과 계절과의 관계를 느끼게 하면서 마음의 여유를 줄 수 있는 치유농업이 되어 가고 있다. 씨앗을 뿌리면 그대로 결실을 주는 농사를 지으며, 우리는 희열과 떨림을 느낄 수 있다. 텃밭 가꾸기는 채소를 얻을 수 있을 뿐만 아니라 생명의 미묘함과 신비도 느낄 수 있으며, 생존에 없어서는 안 될 생명의 힘과 무한한 행복을 가져다준다. 피에르 라비는 대자연의 땅에서 생명을 보살피는 것으로부터 교훈을 얻어 모든 생명체를 귀중히 여기고 서로 돕는 사랑만이 세상을 바꿀 수 있는 가장 큰 힘임을 강조하고 있다.

희망을 품는 것은 매우 중요하다. 희망을 품으면 마음과 생각의 변화가 행동으로 나타난다. 우리는 어떠한 어려움 속에도 희망을 잃지 않으면 반드시 성과를 얻을 수 있다. 미래에 대한 뚜렷한 희망을 품으며 긍정적인 사고로 나아가면, 그 희망은 가시화되고 구체화된다. 이러한 작은 변화는 온 세상으로 전염되어 주변으로 퍼지게 된다.

서로를 인정하고 감사하고, 고마워하는 마음은 우리의 유대를 강화하고 우리를 세상과 이어준다. 이러한 마음을 느낌으로써 긍정적 행동들이 더 많이 나타난다는 과학적 연구 결과도 있다. 즉, 우리가 고마워하고 감사하는 마음을 가지게 되면 활동 의욕과 기분을 향상시켜주는 신경전달물질인 세로토닌과 기분을 좋게 하는 엔도르핀 그리고 신뢰감, 사랑, 연대감을 느끼게 하는 호르몬인 옥시토신이 분비되어 세포 안테나에 작용해서 유전자 전사체에 영향을 주어 유전자 발현의 변화를 가져오게 된다. 이러한 현상들은 육체의 변화를 가져오고 결국에는 생명현상까지 변하게 될 수 있다. 그러므로 감사하고 고마워하는 마음은 인간의 생명 유지에 중요한 호르몬, 신경전달 물질들에 영향을 주어서 각각의 개인, 전체 사회 그리고 온 세상에 변화를 가져올 것이다.

우리는 거대한 네트워크로 서로 연결되어 있다. 자연을 돌보고, 타인을 사랑하는 것이 결국에는 나를 돌보는 것이 될 것이다. 모든 생명체는 서로 이어져 있으므로, 늘 변화의 소리에 귀를 기울여야 한다.

이 책『나를 바꾸고 세상을 바꾼다』를 요약 해설하면 오늘날 세태 즉, 개인주의, 물질주의, 환경파괴, 기후변화의 심각성을 극복하고 지속 가능한 세상을 만들기 위하여 자기챙김의 태도와 생태주의적 태도를 강조한다. 이러한 태도 변화를 통해서 나를 변화시켜 세상을 바꾸자는 논리를 펴고 있다. 이러한 논리를 더욱더 실행하기 위해서 희망의 원리를 이용하여 좋은 아이디어들의 신념을 통하여 행동과 실천으로 세상을 바꾸어가자는 구체적인 대안까지 제안하고 있다. 현 사회는 환경오염과 기후변화의 가속화가 일어나고 여기에 자연의 파괴가 가속되어 지구 종말로 치닫고 있다. 이러한 세태를 직시한 서양의 현자들이 마음챙김 명상을 통해 세상의 이치를 깨닫고, 지구 종말로의 가속화를 제어하는 대안을 제시한다. 그것이 바로 '나' 소우주의 의식을 밝혀 내 속의 진리를 터득하게 하여 우리는 서로 연결되어 있고연기법, 나와 자연은 하나이며 천인합일사상, 또한 자연의 파괴는 나의 파괴로 이어진다는 자명한 이치를 강조하는 것이다. 이러한 생각들은 여러 선지자들, 노자, 공자, 맹자, 장자, 석가 등이 여러 경전을 통해 설파하였듯이 서양의 분석적인 사고로 물질주의의 폐해를 느낀 현대인들이 '나의 깨침'을 통해 자연과 하나 되는 동양적 사고로 넘어가고 있다는 것을 말해주고 있는 것이다.

여기에서 우리는 왜 물질주의가 팽배하고 황금만능주의가 만연하게 되었는가를 알 필요가 있다. 아리스토텔레스는 현상계적 사고로 정신과 육체를 분리하고 물질적인 요소를 중시하는 논리를 전개했다. 반면에 플라톤은 정신계를 중시하는 이데아적 사고를 전개했다. 아리스토텔레스 이후의 많은 사상가는 물질계를 강조하면서 많은 상품을 교환하는 상업의 발달로, 경제적인 융성으로, 문화의 황금기인 르네상스를 맞이하게 되면서 문화와 경제가 결탁하며 일시적인 쾌락을 강조하는 황금만능주의, 물질주의로 넘어가게 되었다. 그러나 최근 물질주의는 인간이 누구나 찾고 있는 영원하고 참된 행복을 느끼지 못하기에 정신계를 중요시하는 명상을 통해 몸과 마음을 함께 힐링하며, 더 나아가 인간관계를 중요시하는 통합적인 정신적·육체적·사회적으로 아우러진 웰빙 WHO의 건강에 대한 정의을 추구하는 움직임이 있다. 그 한 예로 원래 불교에서 유래된 마음챙김 명상과 요가 수련법은 종교와 동서양을 초월하여 인간의 참된 웰빙을 달성할 수 있는 수련법이 되었다. 이 명상법을 통해 나의 내면 의식을 확장하여 지혜와 통찰력을 갖고, 자연과 내가 하나임을 인식하고, 에고 Ego가 배제된 이타적인 사랑으로 대우주와 하나가 되어, 대자연의 우주 법칙을 터득함으로써 인간과 자연이 공존하는 세상으로 만들어갈 수 있다.

그러면 세상을 바꿀 수 있는 마음챙김 명상에 의한 이타적인 사고나 사회적 유대의 효능을 과학적인 설명으로 그 효용에 대해 알아보도록 하자. 명상, 이타적인 생각과 사회적인 유대를 하게 되면 중추신경 및 자율신경이 안정화되고, 시상하부-뇌하수체-호르몬분비 장기 체계의 안정화를 이루고 호르몬과 신경 전달 물질, 유전자 발현의 변화를 통해서 생명현상이 변화되어, 스트레스에 대한 저항력을 높이고 암과 치매의 발생률이나 순환계 질환의 감소에 영향을 주게 되어 수명 연장에도 도움이 된다고 한다.

이러한 후생유전학적 변화는 유전자의 조절 부위에 DNA 메틸화로 각인되어 3대까지 유전된다고 하니, 명상과 이타적인 사고는 손자, 손녀들에게도 영향을 준다고 생각할 수 있다. 또한, 명상을 하게 되면 뇌파에도 영향을 주어, 일상생활에서 나타나는 β파에서 α파가 나타난다. 아마도 자연의 파동은 α파에 가깝고 명상을 하게 되면 뇌파가 α파로 떨어지니 자연과 인간이 같은 파동으로 교감하게 되는 공명 상태를 이루게 될 것이다. 많은 명상 수련가가 자연과 교감하면서, 심지어 동물과 새들과도 교감하고 소통하면서 많은 진리의 말씀을 쏟아낸다. 이렇게 되면 의식의 세계에서 잠재의식의 세계와 소통을 할 수 있게 되고, 이를 통해서 수준 높은 명상가나 현자들이 자연으로부터의 영감을 통해 참 진리의 말씀을 쏟아내고, 지혜로서 세상의 변화를 가져오게 된다. 석가, 예수, 틱낫한, 간디 등이 그 좋은 예일 것이다. 그리고 더 좋은 세상에 대한 희망을 품고, 명상하면서 더 좋은 아이디어를 실천하면 우리 인체의 후생유전학적인 변화를 가져와서 결국에는 세상의 변화를 가져오게 될 것이다.

결론적으로, 이 책의 모든 저자는 우리와 자연이 상호의존적이어서 내가 변하면 내 주변이 변하므로 나를 바꿔서 세상을 바꾸자는 단순 명료한 진리를 강조하고 있다. 그러므로 현 세태의 문제점을 파악하고 이것을 바르게 하려고 하는 투쟁보다는 자기챙김 명상을 통해 나의 무한한 진정성, 공간성, 연계성, 협동성의 자성을 밝혀야 하며 이를 통해 미래에 대한 원대한 희망을 머금고, 우리 모두가 거대한 네트워크를 이루고 있다는 연계성에 대한 신념을 가지고 이를 행동으로 옮기면 큰 세상이 바뀐다는 줄거리이다.

　마음챙김 명상은 마음의 회복 탄력성을 고양시켜서 연속적인 행복을 만끽하게 한다고 했다. 이러한 것들은 힘든 시기를 잘 극복하는 데에도 많은 도움이 되지만, 내면의 잠재적 치유력, 공감, 연민, 이타성, 협동심과 같은 의식을 향상시킨다. 또한 이 책에서 여섯 명의 현자들은 절제, 마음챙김, 사랑과 연민에 중심을 두는 자세를 현대사회의 해독제로 제안하고 있다. 일상생활의 작은 변화가 큰 세상의 변화를 가져온다. 우리 모두가 바라는 이상적인 세상을 위하여 우리는 마음챙김 명상을 통해 나 자신을 계발하여, 자연과 인간은 하나이며 서로 연결되어 있음을 깨닫고, 에고보다는 이타적인 사랑을 통해 더 좋은 세상에 대한 희망을 머금고 계속 정진하며 궁극적으로 지속 가능하고 행복한 세상을 만들어가도록 함께 노력해야겠다.

『어떻게 원하는 것을 얻는가』

스튜어트 다이아몬드 지음, 김태훈 옮김

8.0(에이트 포인트), 2017

줄기세포생물학자, 분자생물학자 **권유욱**

부산대학교 분자생물학과를 졸업하고 동 대학원에서 석사 · 박사학위를 취득했다. 미국 국립보건원(NIH)의 국립 알레르기감염병연구소(NIAID)에서 5년간 유학 후 귀국하여 현재 서울대학교병원과 서울대학교 의과대학 의학과에서 학생들을 지도하고 있다. 독서에서 얻은 지식을 삶에 적용하고자 노력하는 '탐독사행(探讀思行)' 수련자이다.

내 인생을 풍요롭게 만든
한 권의 책

나는 서울대학교병원에서 줄기세포 생물학을 연구하고 있다. 줄기세포란 끊임없이 분열할 수 있고, 다양한 세포로 분화할 수 있는 능력을 가지고 있는 세포를 의미한다. 줄기세포가 분열하면 두 딸세포 중 최소한 하나는 자기와 동일한 특성을 유지하고, 다른 딸세포는 주위의 환경이나 내재적 특성에 의하여 분화 경로를 수행한다. 이로써 줄기세포는 조직항상성 유지나 재생 등에 있어서 세포의 공급원 역할을 하게 된다. 이러한 줄기세포의 특성을 이용하여 알츠하이머병, 심혈관질환 등 난치질환을 치료하기 위한 방법을 개발하는 것이 내가 연구하는 주제이다.

나는 새로운 연구 주제와 아이디어를 얻기 위해 매년 해외 학회를 참가하여 최신 연구 지견을 접하고 우리 연구 결과를 국제적으로 명망이 높은 교수들 또는 연구자들로부터 평가받기도 한다. 2013년 2월 캐나다 밴프Banff에서 개최된 키스톤 심포지엄Keystone Symposium에 줄기세포를 이용하여 질병을 치료하고 몸의 항상성을 유지할 수 있는 방법을 공부하기 위해 참가하게 되었다. 키스톤 심포지엄은 주로 콜로라도에 위치한 키스톤 지역에서 개최되기 때문에 키스톤 심포지엄이라는 이름이 붙었지만, 가끔은 경치가 아름답고 회의 시설이 잘 갖춰진 다른 장소를 섭외하여 연구자들이 자연 속에서 깊은 사고와 창의적인 생각을 할 수 있도록 배려해주기도 한다.

참가했던 밴프 지역은 캐나다의 알버타주에 속한 가장 오래된 국립공원이 있는 곳으로, 내가 경험한 바로는 세상에서 가장 아름다운 호수들을 품고 있는 곳이다. 한국에서 가려면 12시간 이상의 장거리 비행과 3시간가량 버스 여행을 해야 하기 때문에 상당히 먼 곳이다. 그러나 죽기 전에 꼭 가봐야 할 명소라고 생각한다. 이동 시간이 많기 때문에 나는 보통 해외 학회에 참석하기 전에 책 두 권을 가방에 넣어 간다. 한 권은 소설처럼 가볍고 재밌게 읽을 수 있는 것, 그리고 다른 한 권은 인문학이나 자기계발에 관련된 책을 준비한다.

당시에 출국을 앞두고 함께 학회에 참석하게 된 우리병원 순환기내과 동료 교수로부터 책을 한 권 추천받았다. 평소에도 독서를 즐겨하고 재미있는 책을 많이 추천해주는 분이라 의심 없이 그 책을 바로 주문했다. 책의 제목이 『어떻게 원하는 것을 얻는가』였다. 번역을 잘하였지만, 원래 영어 제목은 『Getting More: How to Negotiate to Achieve Your Goals in the Real World』로 '실생활에서 원하는 것을 얻는 협상 전략' 정도라고 보면 되겠다. 저자는 자신이 이 책을 쓴 이유는 이 책에 담긴 지식을 꼭 경험해보기를 원했기 때문이라고 했다. 책을 추천해준 교수는 이 책을 추천한 이유가 본인이 책에서 배운 대로 실천해서 원하는 것들을 얻었기 때문이라고 했다. 본인이 휴가 기간에 실제로 경험한 일을 자세히 얘기해주면서 꼭 읽어보라고 권했다.

그 교수님이 실천한 것은 「제14강 원하는 서비스를 얻는 비밀」에 담겨진 내용이었다. 저자가 소개한 14강의 첫 케이스는 아내와 미국 샌디에이고에 여행을 가서 묵은 호텔에서 최상의 서비스를 받아낸 방법에 대한 내용이었다. 당사자는 회사의 경영진 워크숍에서 협상에 관한 강의를 들은 후 여행을 갔는데, 호텔에서 숙박을 한 다음 날 그의 아내는 욕실 바닥을 기어 다니는 수많은 개미를 발견하게 되었다. 화가 난 그는 데스크에 당장 전화를 걸어 불평을 쏟아놓으려고 했으나, 워크숍에서 배운 새로운 협상법을 먼저 활용해보기로 했다. 그는 매니저를 직접 찾아가 대화를 시작했다. "여기가 샌디에이고의 최고급 호텔이 맞습니까?" "이 호텔은 최고 수준의 서비스를 제공합니까?" "그 서비스에 욕실 바닥의 개미도 포함됩니까?" 단 세 마디의 질문을 통해 그의 객실은 특실로 업그레이드가 되었고, 각종 서비스를 제공받았다고 한다.

그 비결은 무엇일까? 감정에 휘둘리지 않고 체계적인 접근법을 썼기 때문이었다. 보통 여행과 관련된 경우 협상을 통해 얻을 수 있는 것을 가격 조정이라고만 여기곤 하는데, 저자는 오히려 다른 곳으로 눈을 돌려보라고 권한다. 또한 대부분의 호텔 종사자들은 직급을 막론하고, 마음먹기에 따라 고객에게 많은 것을 베풀 수 있는데, 호감이 가는 고객에게 많은 것을 주고 싶을 테니 직원들에게 불편함을 얘기할 때 오히려 상냥하고 친절하게 대화하라는 내용이었다.

이 책을 소개해준 교수님은 본인도 비슷한 경험을 했다며 경험담을 얘기해줬다. 휴가를 이용해 가족들과 국내 여행을 갔는데, 첫날 저녁에 욕실에서 물이 새서 침실까지 흥건히 젖는 바람에 잠을 잘 수 없는 상황이 벌어진 것이었다. 책에서 읽은 것이 생각이 나서 전화로 화를 내며 불편을 접수하는 대신 프론트로 직접 내려가서 상황을 설명했다. 물론, 친절하고 상냥하게. 그랬더니 휴가 기간 내내 수영장이 딸린 가장 좋은 방으로 옮겨줬고 최고의 휴가를 즐기고 왔다는 것이었다. 이 말을 듣고 나서 책을 당장 사기로 결심했다. 결심을 실행으로 옮겼더니 출국하기 하루 전에 집으로 책이 배달되었다. 이 책 덕분에 긴 비행 시간을 지루하지 않게 보낼 수 있었다.

이 책의 저자 스튜어트 다이아몬드 교수는 와튼 스쿨 MBA와 하버드대학교 로스쿨을 졸업했다. 『뉴욕타임스』 기자로 일할 당시 퓰리처상을 수상하며 승승장구했지만 곧 변호사와 컨설턴트로 활동하며 협상 전문가로 더 큰 명성을 얻었다. JP모건 체이스, IBM, 구글, 마이크로소프트와 같은 세계 100대 기업 중 절반이 그에게 컨설팅을 받았으며, 남아메리카와 아프리카, 아시아의 여러 나라들과 UN 같은 국제기구도 그에게 자문을 구한다. 하버드대학교, 컬럼비아대학교, 옥스퍼드대학교에서 학생들을 가르쳤던 그는 현재 모교인 와튼 스쿨에서 13년 연속 최고 인기 교수로 선정되었으며, 와튼 스쿨 학생들 사이에서 다이아몬드 교수의 강의는 '다이아몬드보다 비싼 것'으로 통할 정도로 그의 강의는 학생들이 경쟁을 통해 들을 정도로 명성이 높다고 한다. 매년 800명 이상 입학하는 학생 수에 비해 인기 높은 강의의 수강 인원이 제한되어 있는 관계로 학교 측은 수강 신청에 경매 시스템을 도입했는데, 학생들 사이의 이런 '수업 경매'에서 가장 인기가 높은 강의가 바로 다이아몬드 교수의 협상 코스라고 한다. 이렇게 인기가 높은 강의를 이 책을 통해 경험해 보기 바란다.

이 책은 두 개의 파트로 나눠져 있다. 첫 번째는 통념을 뒤엎는 원칙들이라는 주제로 아홉 개의 장으로 구성되어 있고, 두 번째는 원하는 것을 얻는 비밀이라는 대제목 아래에 여섯 가지 실례를 통해 저자가 전수하려는 협상으로 원하는 것을 얻는 방법을 상세히 기술하고 있다. 그럼 지금부터 협상 테이블로 가보자.

아홉 경기마다 안타를 하나만 더 친다면… ─────── •

첫 번째 강의에서는 무엇이든 다르게 생각하라고 권하고 또한 구체적인 목표와 유연한 대처가 중요하다고 강조한다. 목표 달성, 즉 승리를 위해서는 과감한 시도가 큰 성공을 낳는다는 통상적인 생각과는 다른 사고가 필요하다고 하며 몇 가지 예시를 제공했는데, 그 중에 가장 이해하기 쉬웠던 야구 선수의 타율에 관한 예를 소개한다. 야구에서 타율이 2할 8푼인 선수가 아홉 경기마다 안타를 하나 더 치면 타율이 3할 1푼이 된다. 타율이 3할이 넘으면 명예의 전당에 오를 수 있고, 연봉도 매년 100억 원 이상 더 오를 수 있다고 한다. 그러므로 홈런만 치려고 하지 말고 단지 아홉 경기마다 안타 하나만 더 치려고 노력하라고 권한다. 협상이나 실생활에서도 마찬가지다. 욕심내지 않고 조금씩 노력한 게 쌓이고 쌓여 결국 엄청난 성공을 거둘 수 있다는 것이다. 이와 같이 이 책에서는 성공적인 협상을 위해서는 한 번에 끝내려고 하지 말고, 단계적 접근이 필요함을 강조하고 있다.

사람과의 관계를 기반으로 하는 대화법 ─────── •

나는 삶을 살아가면서 사람과의 관계가 매우 중요하다고 생각하는데, 저자의 두 번째 강의에서는 마침 사람과의 관계의 중요성을 언급하고 있다. 협상의 목적은 상대방을 설득하여 내 뜻을 관철시키는 것이다. 그러므로 좋은 협상 결과를 얻기 위해서는 내가 아니라 상대방에게 초점을 맞추는 것이 우선이다. 상대방의 감정에 호소하고 소통하며 상대방의 기분과 입장을 이해하면서 작은 선의라도 베푼다면 그 작은 선행이 나에게 큰 행복을 가져다줄지도 모른다.

이 글을 쓰고 있는 2021년은 코로나19로 인해 전 세계가 고통받고 있다. 가능한 대면 접촉을 피해 생활해야 하는 상황인 것이다. 비대면으로 타인과 대화하고 협상할 일이 많아졌다. 이럴수록 저자가 강조한 것처럼 상대방을 배려하려고 노력하는 자세가 절실하다고 생각했다. 나는 매년 집에서 사용 중인 인터넷 계약을 갱신한다. 올해도 어김없이 재계약 협상을 했고, 상담사에게 친절히 대하는 것을 잊지 않았다. 그녀도 친절한 고객에게 본인이 할 수 있는 최선을 다해 설명해주었고 하루 종일 행복한 기분을 가질 수 있도록 친절이라는 선물을 아끼지 않았다. 뿐만 아니라 적지 않은 액수의 상품권도 받을 수 있었다.

두 번째 강의를 통해서는 협상을 할 때에는 사람 간의 관계가 깨지지 않도록 상대의 머릿속에 들어가는 것처럼, 상대방의 입장에서 생각해보고, 신뢰가 깨지지 않도록 정직해야 한다는 것을 배웠다.

　　진정한 의사소통이란 무엇일까? 이 질문의 답은 인식의 차이를 좁히는 것이라고 나는 이해했다. 사람마다 관심사와 가치관 그리고 감성이 다르기 때문에 인식의 차이가 나타난다. 그러므로 협상이나 의사소통을 원활히 하기 위해서는 상대방이 하는 말 이면의 숨겨진 진실을 파악하려고 노력하는 것이 중요하다는 것이다.

　　구체적으로 설명하자면, 의사소통을 잘하기 위해서는 말하는 형식을 단정적 문장에서 질문으로 바꾸라는 것이다. 즉, "이건 부당합니다!"라고 말하는 대신 "이것이 정당하다고 생각하십니까?"라고 물어보라는 것이다. 아이에게 우리가 자주 하는 말인 "공부해!"라고 하는 대신 "공부를 하는 이유에 대해 어떻게 생각하니?"라고 물어보면 훨씬 원하는 목적에 도달하기 쉬울 것이다. 그러나 모든 부모가 이런 형식의 대화가 가능한 것은 아니다. 그렇지만 내가 지도하는 학생들에게 "열심히 실험해라!"라는 말 대신 "최선을 다하고 있냐?"라고 물어봤더니 훨씬 분위기가 부드러워지면서 실험도 열심히 하는 것처럼 보였다. 착각일지도 모르지만.

　　효율적인 의사소통을 위해서 우리가 갖춰야 할 기본적인 자세에 대해 저자가 강조한 일곱 가지가 있다. 그중에 실천 가능한 세 가지를 요약하여 내 생각을 정리해봤다. 첫째, 상대의 말을 경청하고 난 다음 질문한다. 둘째, 상대방을 존중하며, 대화 내용을 자주 요약하는 습관을 가진다. 셋째, 감정을 드러내지 않고, 통제

한다. 이러한 기본적인 대화 태도를 숙지하고 실천한다면 상대방이 내가 전달하고자 하는 의미를 더욱 쉽게 받아들일 것이다.

그렇다면 뛰어난 협상가와 평범한 협상가의 차이점은 뭘까? 뛰어난 협상가는 늘 긍정적인 태도를 가지고, 과거보다는 미래에 초점을 맞추는 삶의 태도를 갖춘 사람이라고 설명하고 있다. 이 책을 읽으면서 자주 느끼는 것은 협상에 관한 좋은 이론이 많고 충분히 이해가 되었는데, 과연 나의 삶에 얼마나 적용할 수 있느냐는 것이다. 얼마나 실천하느냐에 따라 인생의 질이 달라질 것은 명약관화明若觀火한데 말이다.

감정 조절을 통한 대화법 ─────────────── •

감정感情의 사전적 의미는 어떤 현상이나 일에 대하여 일어나는 마음이나 느끼는 기분이다. 그러므로 상대방의 감정을 헤아려 표현하려면 사과나 위로, 양보, 경청이라는 행위로 나타날 것이다. 상대방의 감정을 받아들이는 태도를 보인다면 흥분을 가라앉히고 이야기를 듣게 만들어 결국, 상대의 합리적인 판단을 끌어낼 것이다. 이러한 행위는 공감을 얻었다고 표현할 수 있다. 상대방의 감정에 초점을 맞추어 인간적으로 이해하는 공감 능력은 많은 협상에 있어 큰 무기가 된다.

우리는 흔히 협상에는 이성이 앞서야 된다고 생각한다. 그러나 상대의 이성적인 면뿐만 아니라 감정적인 면에도 동일한 가치로 대응해야 한다는 저자의 주장에도 공감한다. 이때 주의해야 할 점은 의도적으로 감정을 활용하는 전략을 자주 적용한다면 협상이나 대화에 방해가 될 수 있다는 점이다. 나는 감정적으로 목청을 높이는 일이 별로 없다. 그러나 내 주위에는 본인의 감정을 다스리지 못해 툭하면 고함을 지르거나 막말을 하는 사람이 있다. 이러한 두 사람 중에 어떤 사람의 주장이 더 효과적으로 전달될까? 나의 경험에 따르면, 조용히 목소리를 낮춰 천천히 생각을 전달하는 편이 훨씬 대화의 목적을 달성할 확률이 높았다.

그렇다면 어떻게 해야 대화나 협상에서 감정을 다스릴 수 있을까? 그러기 위해서는 상대방의 감정을 객관적으로 파악하고, 대화를 하다가도 나 또는 상대방이 감정이 격해지면 잠시 대화를 중단하고 평정심을 되찾는 것이 필요하다. 대화를 하기 전에 상대방에 대한 기준이나 기대치를 낮추는 것도 도움이 된다. 그러면 상대방이 무례한 표현을 하더라도 예상했던 상황이기 때문에 쉽게 흥분하지 않게 된다. 이와 같이 상대의 말을 경청하고 예의를 갖춘 태도나 존댓말로 대화를 하게 되면 항상 서로가 기분 좋은 결과를 가져갈 수 있게 해준다.

문화적 차이는 일반적으로 다양한 민족들 간에 나타나는 다양성의 차이로 이해하고 있다. 이 책에서는 오랜 세월동안 다양한 민족을 공동체의 일원으로 인정해온 미국에서 일어날 수 있는 문화적 차이에서 오는 오해에 대해 기술하고 있다. 그런데 이제는 우리도 다문화 가정이라는 말이 익숙해 졌고, 심지어 국민을 대표하는 국회에도 이방인이라 할 수 있는 타 국가 출신이 입성하기도 했다. 그러므로 문화적 차이와 다양성을 이해하고 인정하는 노력을 하지 않으면 앞으로는 지금보다 더 불편한 상황이 될 수 있을 것이다.

이러한 민족의 이질성에서 발생하는 오해를 극복하려면 두 나라의 문화에 대해 잘 알면서 그 사회에서 존경받을 수 있는 사람이 필요하다고 한다. 그런 사람이라면 두 나라의 문화적 차이를 잘 설명하고 보다 효과가 탁월한 방법을 권할 수 있다는 것이다. 문화를 한마디로 정의하기는 힘들지만 '자신의 정체성을 나타내기 위해 기반이 되는 연대감'이라고 할 수 있다. 그러므로 문화는 민족 간의 이질성에 의해 나타나기도 하지만, 기업이나 학교와 같은 모든 사회적 단체에서도 만들어질 수 있다. 즉, 회사들 사이에서도 다른 문화를 가질 뿐 아니라 한 회사에서도 생산 부서와 마케팅 부서는 완전히 다른 문화 속에서 일하고 있다고 볼 수 있다. 이런 문화적 차이는 서로에 대한 인식과 서로를 대하는 방식에 커다란 영향을 미친다. 또한 문화적 차이에서 발생하는 고정관념도 극복해야 하는 문제일 것이다.

이제는 바야흐로 글로벌 시대이다. 우리나라에도 많은 외국인들이 들어와서 그들의 문화를 우리 사회 속에 들여와 함께 살아가고 있다. 이들과 함께 살아가기 위해서는 서로를 배려하고 예의를 지키면서 존중해주는 것이 필요하다고 생각한다.

원하는 것을 얻는 비밀

나는 여기에서 생활 속에 중요한, 세 가지 원하는 것을 얻는 방법을 소개하려고 한다. 회사에서 인정받는 법, 자녀를 잘 양육하는 법 그리고 원하는 서비스를 받는 법에 관한 것이다.

넓은 인맥의 중요성

우리는 모두 우리가 속한 회사, 학교, 사회에서 인정받기를 원한다. 그럼 인정받는 사람들의 특징을 안다면 사회생활에 도움이 될 수 있을 것이다. 이 책에서는 넓은 인맥을 갖추는 것을 강조하고 있다. 내 편이 많을수록 어떤 일이든 성공할 가능성이 높을 것이다. 오래 근무한 사람에게는 항상 그들만이 가진 회사에서 인정받는 비법이 있을 것이며, 심지어 회사를 그만둔 사람에게서도 회사의 약점이나 회사 내에서는 얻을 수 없는 정보들을 알 수 있기 때문에 작은 관계라 할지라도 소중하게 이어나가는 태도가 필요하다. 지금 당장 우리 주위를 둘러보자. 따뜻한 커피를 사서 함께 얘기를 나눌 상대를 찾아보자. 그들이 언젠가 나에게 큰 힘이 되어줄 수도 있다.

자녀 교육 비법

아이가 책임감 있고 인간적이며, 사회에 나가 성공할 수 있는 사람으로 자라게 키우는 일은 거의 모든 부모가 가지고 있는 자녀 교육의 장기적 목표일 것이다. 나도 우리 아이들이 그렇게 자라기를 바라고 있다.

자녀들의 교육에 있어서 가장 중요한 것은 끊임없이 질문을 하고, 아이들의 의견을 존중하며 경청하는 것이라고 한다. 부모가 아이의 말에 귀를 기울이면 아이는 자존감이 높아질 뿐 아니라 독립심이 강해지며 사회적인 능력이 강화된다. 그러므로 가능하면 자주 아이의 의견을 의사 결정에 반영하고 아이로부터 신뢰를 얻는 것이 필요하다. 아이는 부모가 자신의 의견을 존중할 때 가족의 일원으로 사랑받고 있다는 느낌을 받는다. 그러니 종종 이렇게 물어보는 것이 좋다. "다음에는 어떻게 해야 좋을까?" 이 질문법은 학생들을 가르치는 학교에서도 좋은 지도 방법이 된다. 연구의 방향을 정한 다음에는 내가 모든 실험계획과 목표를 정해놓지 말고 학생에게 이렇게 물어본다. "이런 현상을 증명하기 위해서 다음은 어떤 실험을 해야할까?" 물론 이러한 질문법이 항상 통하는 것도 아니고 시간을 많이 들여야 하기 때문에 인내력이 필요하다. 그러나 학생들이 프로젝트에 집중하는데 많은 도움이 되었다는 사실은 부인할 수 없다.

부모와 자녀 사이의 신뢰는 절대적으로 중요하다. 이를 위해서 어릴 때 자녀들과 돈독한 관계를 형성해두는 것은 매우 좋은 방법이다. 그러면 사춘기가 되었을 때 자녀들이 부모로부터 멀어지지 않는다. 사춘기가 되면 아이들은 주로 친구들에게 지지와 조언을 구한다. 하지만 사춘기가 되기 전에 아이와 친구가 되면 그 이후에도 아이들은 부모를 친구처럼 친근하게 생각한다. 그러면 모든 대화가 훨씬 쉬워진다. 다행히도 나는 우리 아들이 어릴 때부터 함께 운동하며 친구로 지내왔다. 고3인 아들과 고1인 딸과는 거의 매일 스마트폰 메신저로 교신할 만큼 친하다. 아이들이 건강하게 자라준 비결이 여기서부터 시작된 것이 아닐까.

원하는 서비스를 얻는 비밀

누구나 같은 돈을 지불한다면 좋은 서비스를 받고 싶어 할 것이다. 여러 가지 서비스업 중에 여기에서는 항공사와 호텔에서 원하는 서비스를 받는 방법을 소개하려고 한다. 항공사의 경우 다양한 할인 기준을 적용한다. 가령 아동이나 협력 업체 고객, 기업체, 노약자, 생일, 기념일에 할인을 제공하는 곳이 많다. 그러므로 그 항공사의 홈페이지를 이용하거나 회사에 직접 전화를 걸어서 본인이 할인 적용 대상인지 확인할 필요가 있다.

나는 2018년에 헬싱키에서 있었던 세계혈관학회International Vascular Biology Meeting에 참석하기 위해서 카타르항공을 타고 카타르를 경유하는 비행기를 예약했다. 매우 긴 여정이었기 때문에 중간에 경유하는 동안 충분한 휴식을 취하고 싶었다. 중동 지방의 항공사는 매우 서비스가 좋다는 말을 들은 바가 있어서 예약을 하기 전에 카타르항공사의 홈페이지에서 제공하는 서비스 목록을 자세히 읽어봤다. 경유 시간에 따라 카타르 여행을 무료로 시켜주기도 하고, 공항 근처 고급 호텔의 숙박과 식당 이용권을 준다는 내용이 있었다. 이런 사전 정보를 가지고 공항 직원을 찾아갔다. 처음에는 경유 시간이 짧아서 안 된다고 했다. 그러나 이 책에서 배운 대로 이 항공사의 단골임을 말하고, 오랜 비행으로 인해 피곤함을 호소하는 등 점진적으로 협상을 진행했다. 감정을 잘 다스리며 담당자와 부드러운 대화를 나눴다. 10분 후 담당자가 알려준 곳으로 가니 호텔로 이동시켜줄 벤츠 자동차가 기다리고 있었다. 경유하는 10시간 동안 최고급 호텔로 가서 편히 쉬었고, 중동 지방의 특별한 음식을 경험하기도 했다. 물론 모든 비용은 항공사에서 지불해주었다. 만약 항공사에 아무런 말도 하지 않았거나 사전 정보가 없었다면 결코 중동에서의 좋은 추억을 남기지 못했을 것이다.

호텔에서 일하는 사람들은 늘 정신적으로 고되고 힘들다. 그러므로 잠시라도 그들의 기분을 유쾌하게 만들어주고, 그들의 관점에서 상황을 바라보고 공감의 말을 건넨다면 감사의 표시로 보상을 받을 확률이 매우 높다. 이 글을 마치면서 호텔에서 좋은 서비스를 받았던 나의 경험을 공유하려고 한다.

나는 서두에 이 책을 읽은 것이 2013년 2월, 캐나다 밴프에서 개최된 키스톤 심포지엄에 참가하려고 가는 비행기 안이라고 했었다. 바로 그 여행에서 예약한 숙소는 밴프에 있는 최고의 호텔인 페어몬트 밴프 스프링스였다. 1888년에 지어진 이 리조트는 스코틀랜드 바로니얼 건축 양식의 중세 성처럼 꾸며진 국립유적지이다. 사진에서 보는 바와 같이 매우 웅장한 외관을 가지고 있다. 더불어 유럽풍의 고품격 객실을 갖추고 있다.

멀리서 바라본 페어몬트 밴프 스프링스 호텔.

호텔에서 받을 수 있는 서비스로는 가격 할인을 떠올릴 수 있다. 그러나 우리가 생각하지 못하는 많은 서비스를 받을 수 있다. 예를 들면, 숙박 조건, 체크아웃 시간 조정, 성수기 때 객실 확보, 더 나은 장소, 더 많은 서비스, 요금이나 시설에 대한 분쟁 처리 등 가격 말고도 협상할 것이 상당히 많이 있다. 이 책에서 소개한 여행과 관련된 협상에서 중요한 팁 중 내가 활용한 세 가지를 소개하려고 한다. 첫째, 그 회사의 표준 약관을 활용하는 것. 둘째, 소소한 대화를 통해 직원과 인간관계를 형성하는 것. 마지막 셋째, 호텔 프론트에 있는 직원의 기분을 유쾌하게 만들어주고, 그들의 관점에서 상황을 바라보고 공감의 말을 건네라. 나는 이 세 가지를 적절하게 이용했다.

내가 호텔에 도착한 시간은 저녁 9시가 넘은 시간이었다. 오랜 비행 시간과 여행의 고단함이 겹쳐서 매우 지친 상태였다. 그러나 힘을 내어 체크인을 위해 프론트를 향해 줄을 섰다. 드디어 내 차례가 왔고, 나는 다정하게 직원의 이름을 불렀다. "굿 이브닝. 제인." 물론 호텔의 표준대로 직원들은 명찰을 착용하고 있었고, 쉽게 그녀의 이름을 알 수 있었다. 동양인 손님이 그렇게 이름을 불러준 경험이 많이 없는 듯 처음에는 당황한 표정이었으나, "한국에서 왔고 매우 긴 여정으로 인해 상당히 피곤하지만 많은 여행객을 상대하는 당신도 힘들어 보인다."며 감정에 호소한 덕분에 분위기를 따뜻하게 이끄는 데 성공했다. 좋은 출발이었다.

내가 예약한 방은 기본적인 디럭스 룸이었다. 나와 동행한 교수님이 함께 지낼 방이었기에 침대는 두 개를 예약한 상태였다. 그런데 그날 많은 학회 참석자가 이미 체크인을 한 상태였기 때문에 대부분의 사람들이 선호하는 가격이 저렴한 방은 이미 다 차 있는 상태였다. 우리가 미리 예약한 방도 없다는 것이다. 그래서 나는 협상을 시작했다. 내가 알기로는 밴프는 겨울이 비수기라서 가격이 상당히 비싼 방들은 빈 방으로 남아 있을 가능성이 높았다. 그래서 나는 표준 규정에 따라 예약한 방이 없을 경우에는 업그레이드가 가능한지 물어보았다. 제인은 가능하다고 답했다. 그러나 상당한 차액을 지불해야 한다는 것이었다. 하루에 400달러 이상의 차액이 발생한다는 것이었다. 우리가 감당할 수 있는 비용이 아니었지만, 일단 그 방을 보고 싶다고 했다.

그 방은 페어몬트 호텔에서도 가장 높은 수준의 방이었다. 심지어 하나의 방에 두 개로 층이 나누어져 두 사람이 각자 독립된 공간을 가질 수 있을 정도로 좋은 방이었다. 그래서 제인에게 방이 매우 만족스럽다고 말했다. 그리고 학회 기간에 그 방을 사용하고 싶

만족스러운 협상으로 학회 내내 좋은 방에서 지낼 수 있게 되었다.

다고 말하면서 가격에 대한 협상을 시작했다. 호텔의 표준에 따라 예약된 방이 없을 경우에는 어떤 서비스가 있는지 다시 물었고, 우리가 가지고 있는 예산도 알려줬다. 이미 감정적으로 마음이 열린 상태였던 제인은 우리에게 흔쾌히 우리의 예산보다 더 저렴한 가격으로 방을 주었다. 어차피 당분간 그 수준의 방은 비어 있을 확률이 높고, 조금이라도 더 매출을 올릴 수 있다면 서로에게 좋은 일이라며 친절한 미소로 방 열쇠를 내어주었다.

우리는 학회 기간 동안 호텔에서 아주 좋은 방에서 편하게 학회에 집중할 수 있었고, 무엇보다 학회 장소가 우리가 머문 방의 바로 아래에 위치하고 있어서 시차에 적응하지 못해 늦잠을 자더라도 지각을 하지 않고 모든 강의를 재미있게 들을 수 있었다.

저자는 책의 서문에서 이 책을 쓴 목적은 누구나 할 수 있는 몇 가지 간단한 단계를 실천함으로써 독자의 삶이 나날이 윤택해지는 데 있다고 했다. 또 서문 전체는 우리 독서 모임인 '탐독사행'의 취지와 잘 맞는다고 생각한다. 여러분들도 책을 읽어보고 하나씩 실천해본다면 나와 같이 많은 혜택을 누릴 수 있으리라 확신한다.

이 책은 내가 원하는 것을 많이 선물해준 고마운 책이다. 이 시간을 빌어 스튜어트 다이아몬드 교수에게 감사를 표한다.

『늙어감에 대하여』

장 아메리 지음, 김희상 옮김
돌베개, 2014

분자생물학자 **위희준**

부산대학교 분자생물학과에서 학사 및 석사 과정을 마치고, 일본 교토대학교에서 분자의학 전공으로 박사학위를 취득했다. 싱가포르 국립 분자·세포 연구소에서 박사후 과정을 마친 후 서울대학교 약학대학 연구교수를 지냈다. 현재는 제2의 인생을 실현 중이다.

위로가 아닌
진실을

7

2021년 1월, 아직도 작년 초에 시작된 코로나19 팬데믹 사태가 전 지구적으로 진행 중이다. 수그러들 기미가 보이지 않는다. 이 세기적 재앙은 우리 인류에게 심각한 실존적 위기가 되고 있다. 우리는 그 속에서 인류 문명의 민낯과 오롯이 그 피해를 무차별적으로 입고 있는 사회적 약자들의 소식을 매일 접하고 있다. 전염병 전문가의 경고를 무시하고 생명의 존엄성보다는 경제 논리를 앞세우는 정치 지도자들의 때늦은 대응 또는 안일한 대응으로 인해 수천만의 사람이 그 바이러스에 감염되었고, 200만 명의 목숨이 허망하게 희생되었다. 이들 정치 지도자들의 독선과 나태뿐 아니라 일부 젊은 세대의 무지, 이기심 그리고 야수적 본능으로 인해 사망자 대부분을 차지하는 노년 세대들이 잔혹하게 사회로부터 폐기되고 있는 현장을 우리는 생생하게 목격하고 있다.

여기 노년 세대의 참혹함을 꿰뚫어 본 한 사상가의 책이 있다. 젊어서는 살육의 전쟁터에서 목숨을 걸고 저항하며 살았고, 그 이후에는 인간의 실존에 대한 사색과 글쓰기에 몰두하면서 고독하고 치열한 삶을 살다간 작가, 장 아메리의 『늙어감에 대하여』라는 책이다.

장 아메리가 글쓰기에서 자신의 경험과 독자적인 사색을 매우 중요시하였다는 점을 고려해볼 때 먼저 그의 삶에 대해 먼저 간단히 살펴보는 것은 이 책을 이해하는 데 보탬이 되리라 생각된다. 그는 1912년 오스트리아 빈의 유대인 가정에서 태어났다. 본명은 한스 차임 마이어. 1916년 유대인이었던 아버지가 제1차 세계대전에서 전사하게 되면서, 천주교 신자였던 어머니는 그를 천주교식 양육 방식으로 키웠다. 유대문화와 멀어지게 되면서 아메리는 독일문화의 영향 아래서 정체성이 형성되었다. 아메리는 빈대학교에 진학하여 고학으로 문학과 철학 학위를 받았다. 1938년 독일 나치정권이 오스트리아를 강제합병하자, 유대인이라는 혈통은 사회문화적 정체성과는 관계없이 그의 생명을 위협하게 되었고, 이를 직감한 아메리는 아내와 함께 벨기에로 탈출했다. 그러나 1940년 독일군의 벨기에 점령 뒤 체포되어 아메리는 프랑스 귀르 수용소에 수감되었다. 1941년 그곳을 탈출하였고, 벨기에에서 레지스탕스 활동을 벌이던 중 1943년 7월 게슈타포에 다시 체포되었다. 곧 벨기에 브렌동크 수용소에서 아메리는 뼈가 으스러지는 심각한 고문을 당했다. 이 고문으로 인해 자신이 조직의 기밀을 발설할지도 모른다는 두려움이 생긴 그는 처음으로 자살을 시도했다고 한다.

정치범이었던 그가 유대인으로 밝혀지자 나치는 1944년 1월 아우슈비츠 수용소로 그를 이감하였고, 장 아메리는 수용소 건설 현장에서 강제 노동을 하게 되었다. 나치는 패전의 기운이 짙어지자 그를 부헨발트 수용소를 거쳐 베르겐벨젠 수용소에 다시 옮겼고, 1945년 4월 아메리는 그곳에서 자유의 몸이 되었다. 벨기에에서 연행된 유대인 2만 5000여 명 중 생존자는 아메리를 포함하여 고작 615명이었다. 그리고 자유의 몸이 되었지만 2년간의 강제수용소 생활을 이겨낼 수 있게 한 아내도 이미 세상을 떠나고 없었다. 이때의 경험으로 그는 세계에 대한 신뢰를 상실했고, 평생 그 신뢰를 회복하지 못한 채 살게 되었다고 고백했다.

종전이 되자, 장 아메리는 자신의 정체성의 배경이었던 독일 문화와의 절연을 표시하는 의미로 독일식 이름 한스 마이어를 버리고 프랑스식 이름, 장 아메리로 개명했다. 그는 브뤼셀에 살면서 스위스의 한 독일어 신문사의 문화 저널리스트와 작가로 활동했다. 그의 저작은 스위스에서만 출간되었으며, 아메리는 오랜 기간 동안 독일이나 오스트리아에서 출간되는 것을 거부했다. 또한 그는 죽을 때까지 망명 생활을 고집하면서, 평생 한 치의 타협과 양보도 없이 인간 실존과 시대의 부조리에 관한 고독하고 깊은 사유와 글쓰기를 지속했다. 1978년 그의 나이 예순여섯에 그는 고향 오스트리아를 돌연 방문하였고, 잘츠부르크의 한 호텔방에서 수면제를 과다 복용하고 생을 마감했다.

장 아메리는 부정의 사상가로 알려져 있다. 그는 매일 아침마다 보게 되는 몸에 새겨진 수감자 번호에서, 그리고 여행 중 시야에 들어오는 거대한 공장의 굴뚝에서 집단 학살 수용소를 떠올리며 또 다시 세계에 대한 신뢰를 상실하며 죽음의 공포에 휩싸였다. 그리고 패전 후에도 유대인들을 백안시하는 이웃들과 아무 일도 없었다는 듯이 평온하게 일상을 사는 가해자들을 보며 그는 현재에서 계속 과거를 경험했다. 이러한 고통스러운 체험으로 인해 아메리는 독일 사람들이 과거를 망각하는 일을 방기해서는 안된다고 강하게 주장했다. 이 망각의 부정과 거부만이 과거를 극복하고 본래적인 인간의 삶으로 나아갈 수 있게 하는 조건이 된다고 믿었다. 그의 부정의 사상은 이렇게 부조리하고 불합리한 현상에 대한 부정에서 긍정적인 의미를 발견하고자 하는 사유였다. 더불어 그는 불가해 하거나 모순적인 대상에 대해서도 인간 이성에 의지하여 성찰하고 해명하는 자기초월적 노력이 필요하다고 생각했다. 본 저서, 『늙어감에 대하여』는 그의 부정의 사유를 인간 일반의 보편적 문제에 확장하는 아메리의 하나의 시도로 생각해볼 수 있을 것이다.

서문에서 밝히듯이 그는 이 책에서 노년의 진실과 죽음이라는 보편적 문제에 대하여 살면서 겪은 구체적 경험을 근거로 한 주관적 성찰을 통해 냉철하게 논한다. 그래서 이 책은 과학적 엄밀함이나 완벽한 논리는 불충분하며, 진부한 객관성과 주관들의 타협들을 배제했기에 늙어가는 사람들을 위한 위로도 없다. 오히려 '황혼의 지혜'나 '말년의 만족'같은 흔한 위로를 굴욕적인 기만으로 인식하기를 우리에게 요구한다. 그래서 노년의 참혹한 진실을 마주할 때, 비로소 노인과 문명은 존엄의 길을 찾을 수 있다고 저자는 말한다.

노인실존의 위기가 지금의 세계적 재앙 속에서 극명하게 드러나기 때문이기도 하고, 철학과 인문학을 일평생 동안 사색해온 저자가 깊은 성찰로 써 내려간 책이기도 하기에, 인문학적 사유에 경험이 일천한 본 소개자는 될 수 있는 한 이 저서 자체만을 충실하게 소개하고자 한다.

장 아메리의 사유는 대체적으로 다음과 같이 진행하는 듯하다. 먼저 늙어감의 다양한 측면 즉, 시간, 몸, 사회, 문화 그리고 마지막으로 죽음을 소주제로 설정하고, 각 측면에 대한 기존의 주장과 사유를 비판적으로 검토한다. 그런 다음 자신의 체험에 바탕을 둔 성찰을 진행하여 그 주제의 객관적 실체를 드러낸다. 마지막으로 그 주제와 관련된 허위와 기만을 거부하면서 이성을 통하여 그 부정의 의미를 찾아가는 시도를 한다.

살아 있음과 덧없이 흐르는 시간 ─────────── •

1장에서 '시간', 특히 늙어가는 사람의 시간에 대해 성찰한다. 장 아메리는 마르셀 프루스트의 소설 『잃어버린 시간을 찾아서』 중에서 게르망트가 파티에 참석한 사람들의 늙고 초라해진 모습을 묘사하면서 시간의 정체에 대해 질문을 던진다. 먼저 물리학과 생물학 그리고 생철학에서 규정하는 시간관과 버트런드 러셀의 시간의 역설 등을 검토하지만, 우리의 경험적 사유는 시간이 '살아온 시간'으로 우리 안에 있으며, 늙어가면서 그 시간을 발견하게 된다고 이야기한다. 그리고 우리는 살아낸 시간을 기억하면서 자기 자신을 기억하고 자기 자신이 된다. 그러나 살아온 시간은 비연대기적 무질서와 상대성의 특성을 가지며, 시간 감각이 다른 타자와의 소통 불가능성으로 인해 늙어가는 사람에게 시간은 모호한 것뿐만 아니라, 많은 모순으로 이루어진 것으로 인식하게 된다.

자신을 시간으로 파악하는 노인은 많은 기만적 위로의 유혹에 직면한다. 종교뿐만 아니라 저서나 그림 같은 작품이나 집과 같은 재산, 심지어 무덤의 묘비 같은 거짓 영원성에 빠져드는 것이다.

소시민적 삶을 살아온 노인은 인생이 무의미한 시간덩어리임을 깨닫고 자신이 원했던 인생의 과제를 더는 추구할 수 없게 된 인생을 후회하면서 되돌릴 수 없는 시간을 경험한다. 그리고 무의미로 밝혀진 시간에 관한 성찰을 통해 광기나 자기파괴가 이 모순을 해결할 수 있음을 깨닫게 된다. 그리고 이러한 성찰을 시도하지 않는 사람은 타성의 안락함에 안주하여 사회가 요구하는 대로 살아가는 기만적 삶을 살아간다. 그렇지만 시간을 성찰하는 주체적인 인간은 존재의 불안을 직시하고, 시간 안에서 본래의 자신을 발견하고자 분투하기 때문에 평온할 수 없다.

낯설어 보이는 자기 자신 ─────────── •

2장에서 장 아메리는 몸의 노화와 그에 따른 자아의 발견에 대한 성찰을 시도한다. 젊었을 때 몸은 모순이나 모호함이 없는 자신의 일부였고 동시에 세상이었다. 늙으면서 몸은 점차 낯설어지고 세계로부터 추방당한다. 동시에 추방당한 몸은 비로소 자신이 된다. 우리는 늙어가는 몸을 익숙함과 낯섦으로 바라보게 되며, 늙어감의 애매모호성을 체험하게 된다.

육체의 고통 때문에 늙어가는 사람은 자아 탐색과 자아 중독의 애매모호함에 빠진다. 젊은 몸에 우리는 '느낌'이나 '의식'을 갖지 않고, 자기 자신보다는 세계에 더 시선을 준다. 하지만 늙어가는 사람은 몸과 건강을 의식하면서, 더 자신의 '몸'이 된다. 고통을 겪으면서 새로운 자아로서 몸을 발견하게 되며, 그의 본질적인 것이 된다. 졸아드는 몸은 감옥이 되면서 자신의 부정이 되지만 또한 최후의 대피소가 된다. 자신의 아픔을 부정하고, 자신의 현재 모습을 직시하지 못하는 사람은 자아 발견에 결코 이르지 못한다. 그러나 새로운 자아는 낯설기만 하다. 시간의 기억으로 구성된 정신적 자아가 새로운 자아인 활기를 잃고 굳어가는 몸을 거부하면서 자아분열이 시작된다.

사회가 우리에게 강제하는 사회적 자아는 또 다른 우리의 강력한 자아이다. 사회에 속한 우리가 매 순간 마주치는 현실은 사회적 자아가 몸 자아를 거부하도록 밀어붙인다. 다시 자아분열이 일어난다. 이렇게 노화에 대한 성찰은 노화의 고통 탓에 나의 자아가 분열해버린다는 것을 인식하도록 하며, 또한 '나'를 형성하는 자아가 본질적인 정체성을 가지지 않았다는 사실도 알게 한다. 결국 피부만이 우리를 세계와 구분해주고, 나는 그 경계의 안쪽에서 일어나는 것일 뿐이다.

우리가 겪어야 하는 노화라는 운명을 성찰하면서 우리는 부조리함과 마주쳐야만 한다. '늙어감'은 우리에게 그런 성찰을 직면하게 하며, 또 성찰을 감당할 능력을 준다. 세계는 늙어가는 우리를 부정한다. 하지만 이 부정은 '낮과 밤이 여명 속에서 서로 맞물리듯이' 역설적으로 우리 자신의 긍정으로 변화시킬 수도 있을 것이다.

타인의 시선

3장에서는 노인에 대한 자본주의 사회의 시선에 대해 성찰한다. 장 아메리는 장루이 퀴르티의『라 콰랑탱La quarantaine』이라는 소설을 소개하며 사회가 노인을 어떻게 바라보는지 논지를 전개한다. 중의적으로 마흔 살에서 쉰 살 사이의 연령대를 뜻하는 한편, 젊지 않은 사람에게 내려진 위생상의 격리를 의미하는 '콰랑탱'이라는 단어는 나이를 먹어가는 사람이 사회에서 처한 운명을 암시한다. 사회는 경제적인 요구로 말미암아 오로지 젊은이만 대우하고 노인을 투명인간처럼 취급하며 사회에서 배척한다.

먼저 장 아메리는 이 사회가 늙어가는 사람을 사회로부터 배제하는 기제를 성찰한다. 사회에 속한 우리는 지옥 같은 타인을 거부하며 살 수 없는 부조리한 운명을 품고 살아간다. 이 상황에서 생존에 유리한 지점을 확보하기 위해 우리는 유·무형의 재산 소유 여부를 두고 타인과 끝없이 다투게 된다. 그러다 소유가 축적된 어느 순간, 인간은 사회로부터 타인의 시선으로 측정되는 사회적 연령을 판정받는다.

사회적 연령은 기억으로 저장되는 시간이나 고통을 주는 몸과 같이 이 세계로부터 늙어가는 사람을 추방하는 위력을 가진다. 사회는 변화와 성장의 가능성을 지닌 젊은이만 필요로 하기 때문에 늙어가는 이에게 사회적 연령을 통보하고 그가 성취한 것과 실패한 것을 결산하고 사회적 삶을 마감시킨다. 사회적 연령을 선고받은 사람은 자신에게는 아직 새 삶에 도전할 수 있는 희망이 있다고 믿지만, 사회는 그런 희망의 여지마저 파괴해버린다. 이제 그는 사회가 집계한 결과를 저항 없이 수용하고 내면에 새기게 되고, 나아가 그것을 믿게 되는 자아인 '잔고-자아'를 형성한다. 그에게 남은 인생은 소유에 중심을 둔 삶의 구축에 몰두한 나머지 피폐해졌던 지난 세월과 똑같은 무의미한 생활의 지루한 반복뿐이다. 그가 부나 명성을 성취하였더라도, 진정 자신이 원하는 인생을 도전해본 적이 없다면 똑같은 실패자가 된다.

소유의 사회는 개인의 자율성을 손상시켜 주체적으로 미래를 영위하는 것을 불가능하게 한다. 장 아메리는 이 사회적 모순은 어떻게 거부할 수 있는지 자문한다. 그리고 우리가 소유에 지배되는 현실이라는 원칙을 인정하지 않을 때 이 판결은 거부할 수 있다고 말한다. 더불어 소유 없는 자유로운 존재들이 영원한 생성의 힘으로 원점으로부터 자신을 새롭게 구축할 수 있는 사회가 타인과 공존하며 성장해가는 사회가 될 것이라 전망한다.

사회적 연령, 곧 사회가 그에게 선고한 늙음에서 무엇을 바라야 좋을까? 곧 도래하는 은퇴 생활은 새로운 역사가 만들어지는 역동적 현실로부터의 추방을 뜻할 뿐이다. 우리의 사회적 자아는 고독한 순간에 허구적인 '진짜 자아'를 꾸며내 자위한다. 그리고 노년의 행복을 추구하는 자기기만으로 도피한다. 노인은 지극한 단조로움에 사로잡힐지라도 지극히 평범해질지라도 평화롭게 늙어갈 수 있다. 세계는 긍정적 태도와 어떤 저항과 불평이 없는 노년을 요구하고, 노인은 자신의 나약함과 타성으로 그 요구를 받아들인다.

장 아메리는 두 가지 타성적 노년의 유형을 말한다. 첫 번째 유형의 노년은 젊은 육체를 갈망하며 늙지도 죽지도 않길 바라고, 옷차림에서부터 문화까지 시대의 흐름을 기를 쓰고 따라간다. 젊음과 더불어 젊게 살자는 구호에 따라서 무엇이든 감당할 수 있다고 객기를 부린다. 두 번째 유형의 노년은 세상 속에서 물러나 안락한 전원생활을 꿈꾸는 유형이다. 아무것도 아닌 평화를 허락해 준 사회에 만족하고 깊은 안도감을 가진다. 전원의 노인은 시간을 인정하지 않고 단지 시인처럼 영원만을 노래한다. 그러나 두 유형 모두는 결국 허황된 믿음 속에서 살아가는 굴욕적 자기기만에 지나지 않는다. 노년과 동반하는 비참함과 사회적 고립은 그 자신이 이겨내야 할 불행이다.

자기기만을 선택하지 않고 늙어가기로 한 노인은 자기 부정과 파괴를 인정하고 동시에 그것을 저항해야 하는 모순을 직면해야 한다. 사회는 늙어가는 사람에게 '아무것도 아님'이라는 꼬리표를 붙인다. 젊은이가 노인에게 품는 반감도 꼬리표에 대한 공포와 저항감 때문일 것이다. 노인은 이 부정을 자기 문제로 인식하고 그것에 대한 저항을 시도해야 한다. 그럼으로써 노인은 존엄성 있게 늙어갈 수 있다. 또한 이 부정의 자각만이 도래하는 죽음을 자신의 힘으로 맞설 수 있게 한다.

4장에서 장 아메리는 늙어가는 사람의 문화적 소외에 대하여 성찰한다. 우리는 언젠가는 더는 이해할 수 없는 세상과 마주하게 된다. 그는 새로운 표시 체계로 가득 찬 현재의 문화적 현상을 자신의 과거의 경험에 따라 해석을 시도하지만 현재는 더욱 낯설어진다.

늙어가는 인간은 불가해한 세상을 보며 모순된 상황에 빠지게 된다. 불쾌감과 불안감으로 무기력하게 현재의 표시 체계를 거부한다면 그는 시대의 이방인이 되고, 새로운 체계를 수용한다면 자신이 쌓아온 체계가 사라지는 것을 감내해야만 한다. 시대에 뒤쳐졌다는 상실감과 시대를 거부하는 자폐적 심리 사이에서 노인의 정신은 몸의 통증처럼 고통스럽다.

나이 든 몸이 운동성을 잃고 감당하기 힘든 살덩이가 되어버리듯, 문화적 정신 체계도 시간과 함께 굳어지면서 변화하기 어려워진다. 결국 늙어가는 사람이 오랜 세월 동안 함께해온 개인의 정신적 체계를 버리는 것은 매우 어렵기 때문에 현대문화의 표시 체계는 자아의 부정이 된다. 그리고 자기 부정의 고통 때문에 우리는 시간의 흐름에서 빠져나와 영원의 관점으로 문화를 바라보는 또 다른 자기기만의 유혹에 굴복하기 쉽다.

인간 실존은 죽음으로부터만 그 의미를 잉태하는 역설에 지배된다. 마찬가지로 개인 체계의 문화적 죽음이 다가올 때 우리는 힘을 모두 소진한 체계들에서 소중한 의미를 발견한다. 품위 있는 문화적 노화는 사회적 노화의 경우처럼 문화적 노화에서 드러나는 모순에 저항해야만 성취될 수 있다. 이해의 전망이 보이지 않더라도 노인은 새로운 체계를 해독하는 시도를 지속해야 하며, 한편 노쇠하는 개인의 체계를 지켜야 한다. 즉, 자기의 한계를 초월하는 무모한 시도로 자신의 부정을 직시하면서 그것을 극복해야만 한다. 그럼으로써 그는 그저 누군가일 뿐이지만, 또한 영웅적이다. 주체적인 부조리의 영웅이다.

죽어가며 살아가기 ──────────────── •

마지막 장에서 장 아메리는 죽음에 대해 성찰을 시도한다. 늙어가는 이는 몸의 쇠락, 사회로부터 이탈, 문화적 감성의 상실을 통해 그전에는 멀리 떨어진 객관적 사실이던 죽음이 자신의 일로 여겨지게 된다. 그리고 죽음에 대해 진지하게 생각해보려 하지만, 그것이 불가능하다는 사실을 알게 된다. 어느 철학자가 말하기를, 죽음을 생각한다는 것은 '생각할 수 없는 것을 생각함'이라고 했다. 죽음은 아무것도 아닌 없는 것, 무이다. 죽음 앞에서 언어는 무능할 뿐이고, 모든 논리 법칙은 무력해진다. 그렇지만 죽음에 대한 물음은 궁극적인 존재 문제이기 때문에 죽음은 생각되어야만 한다.

죽음은 모든 미래의 미래이다. 죽음의 비현실적인 현실성으로 우리 인생의 무의미는 완성된다. 죽음은 그 어떤 긍정도 가지지 않는 절대적인 부정으로 채워진 근원적 모순이다. 그리고 죽음의 되돌릴 수 없음은 부정의 의미를 부여하는 근거가 된다. 죽음은 모든 의미와 생각을 파괴하는 부조리다. 죽음이라는 경계 때문에 우리의 인생이 가치를 가지지만, 동시에 그 경계에서 그 가치는 사라진다. 죽음은 생각할 수 없는 것이기에 허위이지만, 확실한 것이기에 진리이다.

이 절대적인 부정을 바라보며 우리는 광기나 불쾌한 상념에 사로잡히고 죽음의 공포에 떤다. 죽음에 가까워진 인간은 곧 자신의 삶이 끝날 것이라는 사실을 알면서도 이를 인정하기를 거부하며 자기기만에 빠지게 된다. 죽음의 두려움에 맞서야만 기만적인 위로를 극복할 수 있다.

죽어감과 더불어 살아야만 하는 운명은 기이하고 부조리하다. 그렇지만 죽음은 우리 자신만이 감당해야 하는 일이기에 우리는 타협을 거부하고, 헛된 위로를 던져버려야 한다.

3
장

더 나은
배움을 위해

『혼자가 아니야』

마르크 앙드레 슬로스 지음, 양영란 옮김

갈라파고스, 2019

암과학자, 혈관생물학자 **김규원**

어린 시절부터 과학자가 되겠다는 꿈에서 한 번도 벗어나 본 적이 없어 대학 입학 이후 지금까지 근 반세기 동안 연구 현장을 떠나지 않고 있다. 국내 암 혈관 분야를 개척했고 생명과 질병의 본질에 대한 탐구와 생명체 간의 상호 연결과 상호의존성을 암 연구에 접목시키는 새로운 시도를 하고 있다. 그 성과에 의해 국내 최고 권위의 대한민국 최고과학기술인상과 한국의 노벨상이라 불리는 호암상을 수상했다. 또한 '닮고 싶고 되고 싶은 과학기술인'에 선정되어 과학자를 꿈꾸는 청소년들의 롤모델이 되었고, 『세계를 이끄는 한국의 최고 과학자들』(서울대학교 출판부, 2009)에 1인으로 소개된 바 있다.

과학기술의 오류,
이제 눈뜨다

현대 과학기술은 지금의 인류 문명을 이룩하는 데 크나큰 기여를 했지만, 다른 측면에서는 환경오염, 기후변화 등 인류의 생존에 심각한 문제를 야기하기도 했다. 과학의 영문명 Science의 어원이 '잘라낸다, 찢다'는 뜻의 그리스어 schizein와 라틴어 scindere에서 유래되었음에서 알 수 있듯이 자연 대상을 나누고 세분하여 탐구한 것으로 상호연결성을 도외시한 것이 이런 문제와 직결이 된다. 즉, 현대 과학은 연구대상인 물질의 본질을 극히 세분화시켜 그 본성을 파악한 후 이를 인위적으로 합성할 수 있는 기술을 발전시켜 수많은 인공합성물을 만들었다. 대표적인 인공합성물질이 플라스틱으로, 이제는 지구 전체를 오염시키고 있다. 이런 환경오염뿐만 아니라 미세먼지와 온난화 같은 기후변화에도 과학기술이 깊숙이 관여되어 있다.

지난 수백 년 동안 과학계를 이끌어왔던 서구 과학자들의 사고체계는 극단적인 세분화와 그 연구 대상의 독자성을 강조하였고 인간중심의 이분법적 사고가 굳건히 자리하여 인간과 나머지로 분리시키고 있었다. 그리하여 인간도 다른 생명체들과 상호연결되어 있고, 상호의존적이라는 사실이 무시되면서 과학기술이 발전된 것이 큰 오류라 생각된다. 이 크나큰 오류를 바로잡아 지구상의 모든 생물체들이 상호연결되어 있다는 실상을 보여줄 수 있는 것이 바로 눈에 보이지 않는 무수한 미생물들이다.

이 지구상에서 미생물의 수는 약 8×10^9명인 인간의 수와 감히 비교할 수 없을 만큼 그 수1×10^{31}마리가 압도적으로 많다. 동식물도 다 합하여 10^{21}개체에 불과하므로 미생물의 수가 100억 배나 많으니 이 지구는 미생물로 뒤덮여 있는 셈이다. 따라서 우리 인간들은 미생물의 바다에 떠 있는 조그만 섬에 불과하고 사실상 거대한 집단의 미생물들에 의존하여 살고 있다고 표현해도 과언이 아니다. 특히 주목해야 할 진실은 미생물들은 병원균이나 병원성 바이러스처럼 우리 몸에 병을 일으키는 부정적인 존재만이 아니라 우리와 수많은 지점에서 공생 관계를 유지하고 있다는 점이다.

미생물과의 공생 관계는 인간뿐만 아니라 동물, 식물, 곤충, 어류 등 지구상의 모든 생물과 어우러져 있다. 그 공생 관계는 동식물의 생존에 절대적으로 필요하며 지금의 모습을 구축하는 데 직접적으로 관여하고 있다. 그래서 지구상의 모든 생물들이 결코 독립적으로 살아갈 수 없으며, 서로 연결되어 있는 공존의 생명체다. 따라서 인간과 같이 강력한 힘을 가진 생명체라 할지라도 결코 혼자가 아니고 수많은 미생물들과 연결로 가득 찬 관계임을 이 책의 저자 마르크 앙드레 슬로스는 여러 흥미로운 예로 독자들에게 생생하게 보여주고 있다.

저자는 1968년생으로 균류를 비롯한 미생물의 생태학과 진화에 관련된 상리공생을 연구하는 학자로서 프랑스의 식물학회 회장을 역임했다. 그는 이 책을 관통하는 주제로 미생물과 다양한 생물들 간의 공생 관계에 초점을 맞추고 있다. 따라서 우리가 자율적이라고 여기는 생명체의 이면에 미생물들이 얼마나 깊게 관여하고 있는지, 그리고 그 미생물의 관여가 어떻게 공생 관계로 구축이 되어 생명체들이 서로 의존하여 살아가고 있는지를 여실히 보여준다. 이 공생 관계는 일방적이 아니라 서로에게 이득을 주는 상리공생 관계임을 강조하고, 이를 인식하지 못하는 우리의 무지를 깨우쳐주고 있다. 미생물인 균류버섯, 효모 등와 세균박테리아, 고세균, 아메바와 편모충과 같은 원생생물 그리고 크기가 훨씬 작은 바이러스들이 동식물뿐만 아니라 인간과 공생 관계를 맺으며 이 지구상에 더불어 생존하고 있는 감탄스럽고 상상을 초월한 세계를 이 책이 펼쳐 보이고 있다.

이 책의 말미에는 저자의 생태학적인 세계관을 웅변적으로 제시하고 있다. 그는 이제는 이 지구라는 행성에서 인간이 주인이라는 인간중심 세계관을 폐기해야 할 때라고 역설하고 있다. 지구 상 모든 생명체들이 미생물을 매개로 하여 상호연결되고 상호의존적인 관계 속에서 살아가고 있다는 진실을 이제는 직시해야 한다고 강조하고 있다. 이 부분이 사실상 저자가 가장 말하고 싶은 내용이므로 이 부분부터 먼저 읽어보고 처음으로 돌아와 저자가 안내하는 구체적인 예들을 따라가도 좋을 것 같다.

다소 길고 학술적인 내용도 포함되어 있지만 이런 부분들은 독자들이 적절하게 건너뛰어도 무방하다. 이 책은 각장마다 저자가 친절하게도 처음에 개요를 간략하게 소개하고, 말미에 그 장의 내용을 결론으로 요약하여 설명해주고 있으니 저자의 상세한 안내를 받으면, 전공자가 아니더라도 이해하는 데 무리가 없을 것으로 보인다. 또 읽어가다 보면 '나란 무엇인가?'를 다시 진지하게 성찰하게 된다. 내가 인지할 수 있는 몸, 감각, 감정, 생각 등 '나'라고 생각했던 것의 근저에 미생물과의 공생이 있다니 사고의 범위가 한차례 크게 확장되지 않을 수 없음을 독자 여러분들도 느끼게 될 것이다.

미생물과 식물의 공생 ————————————— •

먼저 저자는 대표적인 공생 관계로 식물과 미생물 사이에 이루어진 땅속 식물 뿌리의 균근을 소개한다. 균근은 송이버섯과 같은 균류와 식물의 뿌리 사이에 만들어지는 매우 섬세한 구조물이다. 우리가 뿌리라고 아는 것의 대부분은 실상 균근이라고 하니 우리가 땅속 세계의 생물체들에 얼마나 무지한지를 짐작할 수 있다. 그저 땅속에 나무, 풀 들의 뿌리가 땅속 벌레들과 어울려 사는 모습만 알고 있으니 그 땅속에 서식하고 있는 보이지 않는 무수한 미생물의 존재와 그들이 뿜어내는 생명현상은 전혀 모르고 있었다는 자각을 이 책의 앞부분을 읽으면서 깨우치게 된다. 이 균근들은 땅속 넓은 면적으로 퍼져 있고 이를 통해 균류와 식물이 서로 이익을 취하게 된다. 즉, 균류는 식물이 광합성으로 얻는 당류를 흡수하고, 그 대신 식물에 생장에 필요한 각종 무기질을 토양으로부터 채취하여 공급해준다. 이러한 균근들은 균사를 통해 아주 넓게 퍼져 있고, 주위의 나무들과 무수히 연결되어 복잡한 네트워크를 형성할 수 있다. 그 결과 나무 한 그루의 뿌리는 수백 가지의 균류와 연결이 되기도 한다니 땅속의 거대한 상호연결망이 떠오른다. 이 거대한 상호연결망이 무슨 일을 할까? 서로 정보를 교환하는 통로가 아닌지 짐작할 뿐이다. 이런 사실들은 그동안 땅 위에서 보아온 모습만이 식물의 전부가 아니라는 실상을 독자들에게 일깨워준다. 그리고 그 실상에는 식물과 미생물들이 구축한 상호 관계가 핵심이라는 사실이 경이롭다.

이 흙 속 뿌리의 공생 관계를 알게 되면서 식물의 땅 위 부분에도 당연히 수많은 미생물이 있고 이들은 식물과 어떤 상관관계를 가졌는지, 식물의 표피와 잎사귀에서는 바이러스를 비롯한 미생물들과 어떻게 상호작용을 하는지에 대한 물음을 이 책이 줄 수 있는지 몹시 궁금했다.

그 궁금증을 저자는 다음과 같이 적절하게 해소시켜준다. 즉, 식물의 잎사귀와 줄기 조직 속에 서식하면서 식물로부터 양분을 섭취하는 식물내생균들은 그 식물을 먹이로 하는 초식동물이나 곤충 그리고 바이러스들에게 유독한 물질을 만들어낸다. 또한 수분이 부족하거나 염분이 높은 환경 등에서 항스트레스 물질들을 생성하여 식물의 생존력을 높여주기도 한다. 따라서 내생균들은 식물의 방어와 생존에 크게 기여하고 있고 식물 바이러스도 가뭄이나 추위로부터 식물을 보호하는 기능을 가지고 있다.

이에 그치지 않고 미생물들은 식물호르몬을 분비하여 정상적인 발아와 꽃의 개화에도 영향력을 행사하고 휘발성 물질을 합성하여 꽃의 향기와 꿀에도 미생물들이 작동하고 있음을 저자는 알려준다.

이런 관계에 의해 결과적으로 미생물 집단은 식물의 형태를 구축하고 섭생뿐만 아니라 방어와 번식 등의 다양한 기능들의 조율에 공헌하고 있다. 그러면 이제 미생물과 식물이 이루는 이러한 상생의 관계는 더욱 확대되어 지구 생태계에는 어떤 효과를 나타낼까? 그 답은 이 책에서 다음과 같이 소개한다.

미생물과 식물의 공생에 의한
공진화와 새로운 생태계의 출현 ───────── •

식물과 미생물의 공생에 의한 공진화 현상은 콩과식물과 뿌리혹 박테리아와의 관계로 시작한다. 식물의 뿌리혹은 박테리아에게 양분을 공급하고 박테리아는 대기 중의 질소를 암모니아로 변환시키고, 이 암모니아는 식물이 아미노산을 만드는 데 이용된다. 그런데 이에 그치지 않고 혹 모양으로 발달한 뿌리혹에 두 생물체 간에 공진화가 일어나서 매우 복잡한 호흡복합체라는 기능을 출현시킨다. 공진화의 또 다른 예는 지의류에서 조류와 지의균류의 공생 효과로 광합성에 적합한 잎사귀 구조를 탄생시켜 새로운 기관이 출현하기도 했다.

식물과 미생물의 공생 관계에 의한 시너지 효과는 공진화를 넘어 지구상의 생태계의 구축과 끊임없는 변화에도 직접적으로 관여한다. 즉 식물의 광합성 작용과 균류의 토양 일구기 작용이 그 좋은 예이다. 광합성이 활발해지면 대기 중의 이산화탄소량은 줄어들고 산소의 양은 늘어난다. 또한 대기 중의 이산화탄소는 식물 뿌리의 균근류의 토양 일구기 작용에 의해 탄산염으로 포착되고 이 염들이 바닷속으로 이동되면서 대기 중의 이산화탄소를 더욱 감소시키는 현상이 일어난다. 결과적으로 지상식물군과 이에 공생하는 균근류에 의해 현재의 지구 생태계 모습인 산소가 많고 이산화탄소가 적은 대기 상태를 구축하게 되었다. 이렇게 현재 지구의 모습에 식물과 미생물의 공생이 절대적인 영향을 미친 것이라 하니 그저 놀라울 따름이다.

미생물과 육상동물의 공생

그러면 미생물과 동물과의 관계는 어떤가? 동일한 원리로 작동할 수 있는가? 그 해답은 다음과 같이 초식동물로부터 바닷속 생물까지 매우 다양하게 일어난다는 사실을 이 책에서 흥미롭게 보여주고 있다.

소와 같은 반추 동물은 일단 삼킨 풀을 종일 되새김질한다. 이렇게 끊임없이 풀을 씹지만 그 풀을 소화하여 영양분으로 섭취하는 것이 아니라고 한다. 왜냐하면 풀의 주 구성 성분인 셀룰로오스와 리그닌은 소가 소화하지 못하여 대변으로 고스란히 나온다고 하니까. 그러면 왜 이렇게 풀을 씹는가? 그 이유는 소의 첫 번째 위인 되새김위에 잔뜩 들어 있는 박테리아와 균류 그리고 섬모충류와 같은 미생물군에게 먹이로 제공하기 위해서다. 이 미생물군들은 소가 되새김질한 풀을 발효시켜 양분을 섭취하여 증식하게 된다. 몇 차례의 되새김질 후 미생물들은 풀 조각과 함께 덩어리가 되어 네 번째 위로 넘어가며, 미생물 자신들도 단백질로 분해되어 미생물들이 만든 다른 발효 성분과 같이 소의 영양분으로 섭취된다. 따라서 소는 위에서 미생물을 배양하고 그 미생물들을 소화시켜 양분을 얻게 된다. 즉, 소는 자기 소화관을 상당 부분을 할애하여 미생물에게 서식지와 먹을 양식을 제공하고, 그 대신 소는 미생물을 먹고, 그 미생물로부터 양분을 섭취하는 공생 관계를 맺고 있다.

이에 비해 인간을 포함한 잡식 및 육식동물들은 먼저 식품에서 직접 소화 가능한 양분을 취하고 나머지를 장에 서식하는 미생물에게 제공한다. 그러면 미생물은 이 찌꺼기를 먹이로 하여 여러 대사산물을 만들어내고 이 대사산물들이 잡식 동물들에게 도움을 주는 공생 관계를 이루게 된다. 이런 사실로부터 식물의 뿌리와 동물의 소화관이 동일한 진화의 산물이라고 생각할 수 있다.

미생물과 해양 동물과의 공생 ————————— •

그럼 육상동물을 벗어나 바닷속 동물과 미생물의 공생 관계는 어떻게 일어나고 있는지 저자는 다음과 같이 안내한다.

먼저 남반구 바닷속의 산호를 살펴보면 산호는 광합성을 할 수 있는 조류와 공생하여 영양이 부족한 척박한 환경에서 생존할 수 있게 되었다. 그리고 조류는 질소와 인이 함유된 산호의 배설물을 이용하여 단백질을 합성하고 산호의 내부에서 포식자로부터 보호를 받는다. 이러한 공생에 의해 조류는 산호에게 영양분을 공급

할 뿐 아니라 산호의 구조를 형성하는 데 기여하여 궁극적으로 바닷속 산호 생태계를 구축하게 된다. 이는 육상의 식물과 균류와의 공생 관계와 흡사하다. 미생물과 타생물과의 공생 관계는 땅속뿐만 아니라 바닷속에서도 반복적으로 나타나고 있는 것이다.

한편 해저에는 빛과 산소도 없는 극한의 조건이지만 이런 곳에서 서식하는 수염벌레는 소화관 자체가 없고 그 대신 수많은 박테리아를 함유하여 이들로부터 영양분을 공급받으며 박테리아에게는 산소와 황화수소 등의 가스를 제공하여 생존할 수 있는 서식지를 마련해주는 공생 관계이다. 그 외에도 해저 속 지렁이나 굴, 홍합, 대합과 같은 이매패류도 박테리아와 공생을 통해 서로의 생존을 돕고 있다.

따라서 해저의 깊숙한 곳까지 동물들 단독으로는 살아갈 수 없는 환경에도 미생물의 도움으로 생존할 수 있는 새로운 생물로의 진화가 가능하게 되었다. 이런 진화의 산물은 해양생태계에 풍성한 바이오매스를 제공하여 몸집이 큰 동물들도 서식할 수 있는 환경이 구축되었다. 그러므로 해양생물들도 미생물과 같이 사는 존재로서 혼자가 아닌 것이다.

미생물과 곤충의 공생 ─────────────────── •

다시 육지로 돌아와 이런 미생물과의 공생이 곤충과는 어떻게 이루어지고 있는지, 그 궁금증을 이 책에서 다음과 같이 해소시켜주고 있다.

열대 지역 개미들은 잎사귀를 보금자리로 이동시킨 후 그 잎을 작은 조각으로 잘라 보금자리 안에서 배양하고 있는 균류버섯의 먹이로 제공한다. 그러면 균류들은 당류와 지방이 풍부한 균사다발을 만들고 이것을 개미들이 뜯어먹고 양분을 보충한다. 일개미들은 나뭇잎 수액으로 양분을 섭취하기도 하나, 개미의 애벌레와 여왕개미는 순전히 이 균사다발로 양분을 취하게 된다. 이렇게 소의 경우와 마찬가지로 공생 관계의 균류들은 서식처와 먹이를 제공받는 대신, 자신의 일부가 개미의 먹이가 된다. 그뿐만 아니라 개미의 몸에 서식하는 방선균들은 항생제를 생산하여 개미에게 유해한 균들이 보금자리에서 증식하지 못하도록 한다. 이렇게 미생물과 개미들 간의 공생은 다층적으로, 복잡하고 상호의존적으로 이루어지고 있다.

그리고 진디, 매미, 멸구 들은 먹이인 나무의 수액에 부족한 아미노산과 비타민들을 공생하고 있는 내생공생균으로부터 공급받는다. 그리고 동물의 혈액을 빨아 먹는 모기, 빈대들도 혈액 중에 부족한 비타민B 등을 역시 박테리아와 공생하여 보충하고 있다. 이와 같이 곤충과 미생물들의 공생은 곤충의 생존 능력을 확장하여 새로운 특성을 가진 다양한 생물종의 탄생을 이끌게 되었다.

미생물과 인간의 공생 ──────────────── •

　　그러면 우리 인간들은 미생물과 어떤 공생 관계를 맺고 있는 가? 저자의 자세한 인도에 의해 미생물과 식물, 동물, 해양생물 그리고 곤충 사이의 공생 관계는 살펴보았는데 인간과는 어떤가? 우리는 인간이 이 지구상에서 가장 진화된 생물로서 생태계의 정점에 있고 이 지구를 지배하고 있다고 생각한다. 그리고 인간은 완벽한 자율성을 가지고 높은 지능에 의해 이 지구를 마음대로 좌지우지할 수 있다는 인간 우월주의를 가지고 있다. 이에 대해 저자는 그것이 오류임을 다음과 같이 명백하게 지적해준다.

　　먼저 인체의 피부를 살펴보면 피부에는 엄청난 양의 미생물들이 곳곳에 서식한다. 모근이나 피지선과 같이 피부 깊숙이 산소가 부족한 곳에서부터 겨드랑이, 배꼽, 발가락 사이 등 습한 곳에는 말할 필요가 없이 그곳에 원주민 노릇을 하는 미생물들이 살고 있다. 이런 피부 미생물들은 피부 보호에 참여하여 다른 종의 미생물이 접근하지 못하도록 차단하거나 항생제를 분비하기도 한다. 그러나 이런 건강한 미생물 생태계가 파괴되면 병원균들이 침입하여 피부염 등 질병을 일으킬 수 있다. 그러므로 인간 피부의 건강함도 미생물과의 상리공생으로 유지되므로 적절한 정도로만 씻는 것, 즉 피부의 원주민 미생물은 유지될 수 있는 '건강한 더러움'의 필요성을 저자는 누차 강조한다. 피부뿐만 아니라 인체 내부와 외부의 경계면에 해당하는 코, 귀, 입, 질 등에도 독특한 미생물들이 터줏대감처럼 서식하며 다른 병원균들이 들어오지 못하게 방어 역할을 하고 있다. 그리고 내부 장기, 특히 대장에는 대량의 미생물들이 상리공생 관계를 이루고 있을 뿐만 아니라 염증성 장질환, 비만, 당뇨와 같은 대사성 질환과 자폐증, 우울증 같은 정신질환의 발병에도 관여하고 있다니 놀라운 사실이다. 이 흥미로운 내 몸과 미생물 사이의 공생 관계를 책을 읽으면서 직접 찾아보시기 바란다.

이렇게 미생물들은 우리 몸의 구석구석에 아주 밀접하게 결합되어 공동의 구조를 이루고, 분리할 수 없는 관계에 있다. 따라서 인체 미생물 군집은 각 개인의 건강 상태와 다양한 질병의 발생과도 관련되어 있을 뿐만 아니라 개개인 정체성의 한 부분을 이룰 정도로 중요하다. 이 사실을 알게 되면 그동안의 미생물을 질병과 연관시켜 기피하고 제거하려는 인식에서 벗어나 이제는 내 몸이 미생물과의 적절한 공존, 즉 '건강한 더러움' 상태를 유지하는 것이 필요함을 절감하게 된다. 그리고 몸에서 나는 고약한 냄새의 근저에 미생물이 있고, 대변의 60퍼센트가 장 미생물이라는 사실에 의해 배설물을 단순히 기피의 대상이 아니라 나와 미생물의 합작품이라는 다른 시각으로 보게 된다. 토끼인 경우는 자신의 똥을 다시 섭취하여 그 속의 미생물을 분해하여 영양분을 얻기도 하고 장내 미생물을 보충하기도 할 정도의 밀접한 관계를 가지고 있다.

인간 문명 속 미생물과의 공생 ──────────── •

저자는 인간의 섭생과 건강뿐만 아니라 미생물의 공헌을 특히 식생활과 관련하여 문명적인 의미까지 확장하여 살펴보고 있다.

인간의 식생활에 참여하는 요구르트용 박테리아, 치즈 접종용 페니실리움, 맥주 또는 와인 발효용 효모 등과 같은 미생물들은 아예 인간에 의해 가축화가 이루어져 인간 사회의 일원이나 마찬가지이고, 때로는 발효 기간 동안만 인간과 손을 잡았다가 다시 주변의 자연환경으로 돌아가는 경우도 있다. 후자인 경우는 특정 지역의 맥주나 와인 생산에 참여하는 미생물들일 것이다. 저자는 우리의 발효식품인 김치나 된장을 아쉽게도 언급하지 않았지만 이 경우도 후자의 범주에 속할 것이다. 이렇게 식품 발효에 관여되는 미생물들은 인간과의 상호 관계가 아주 밀접하여 영양분 섭취와 서식처 등을 인간에 의존하는 것부터 느긋한 관계까지 다양한 스펙트럼을 가지고 있다.

더 나아가 인간의 문명, 특히 농업이 미생물의 도움 없이는 유지될 수 없음이 확실하다. 즉, 미생물에 의한 발효는 식품이 부패하지 않고 소화하기 쉽도록 하면서 비타민 등 영양소의 함양을 높일 뿐만 아니라 맛까지 훨씬 좋게 만들어주는 역할을 했다. 그리하여 미생물들은 인간이 수렵, 유목 생활에서 농경 사회로 전환할 때 수확물의 저장을 가능하게 하고 식품의 독성을 제거해주었을 뿐 아니라 단순하고 거친 먹거리의 끼니 때우기에서 풍요롭고 세련된 만찬문화로 진화할 수 있도록 하여 인간의 문명화에 크게 기여했다. 이런 관점에서 저자는 우리의 문명도 동식물의 세계에서 구축된 미생물과의 공생이 집단적으로 확대된 것으로, 인간의 문명도 결코 혼자가 아니고 미생물과의 동행으로 이루어졌다는 사실을 깨우쳐주고 있다.

이 지구의 주인은 미생물 ────────── •

이 책의 마지막 부분에 저자는 이 책의 개요를 다시 한번 요약하여 강조하면서 인간을 포함한 동식물들이 자율적인 완전체라는 우리의 고정관념이 허상임을 일깨워준다. 이 부분이 현대 과학기술의 오류를 명확하게 드러내는 이 책의 하이라이트라고 볼 수 있다. 즉, 수많은 지점에서 미생물과의 상부상조적 상호작용이 우리를 형성하며, 이러한 상호작용은 공조를 통한 상승작용과 상호변화를 유도하여 새로운 생태계를 구축하거나 공진화의 원동력이 되기도 한다. 이 진화의 과정에는 같은 유형의 공생이 반복적으로 나타나고 인간이 이룩한 문화의 진화도 미생물과 같이한다.

이와 같이 미생물들은 이 지구상에서 우리가 잊어버려도 되는 미미한 존재가 아니라 사실상 주인임을 누차 강조하고 있다. 미생물의 작은 크기, 엄청난 수, 기능의 다양성, 이 세 가지 강점으로 지구의 주인으로 자리 잡으면서 다른 모든 생물과의 공생과 공진화가 가능하게 되었다. 이런 공진화는 동식물과 공생하는 미생물 양쪽에 다 영향을 미쳐서 공생생물 간의 상호작용은 점점 공고해지고 상호의존성도 점점 커지는 방향으로 나아가고 있다.

새로운 세계관: 인간중심 세계관의 폐기 ─────── •

이 책을 읽어보면 얼마나 많은 미생물과 우리가 동행하고 상호작용을 하고 있는지 절실히 느끼게 된다. 동시에 이런 사실에 얼마나 무지했으며 전혀 자각하지 못할 정도로 눈을 감고 살아왔다는 사실에 새삼 놀라게 된다. 이제는 내 몸이 보이지 않는 미생물의 품속에 푹 잠겨 살고 있다는 느낌이 든다. 내 몸의 구석구석에 스며들어 세포들과 끊임없이 대화를 주고받고 있다는 자각을 넘어서 이제는 내 몸의 한 부분이고 내 정체성을 이루고 있다고 사고의 범위가 확장된다. 이 사고의 범위는 내 주위의 동식물을 넘어 지구상의 모든 생물체들이 미생물의 바다에 살고 있다고 더 확대되지 않을 수 없다. 따라서 지구상의 모든 생명체들은 미생물이 내미는 손을 잡고, 거대한 상호연결의 그물망을 만들고 있는 것이다. 우리 인간도 이 연결망의 한 부분에 속하고 있는 것이 실상이다. 그러므로 인간을 나머지 모든 것과 분리시킨 인간중심의 세계관은 이제는 더 이상 유효해 보이지 않는다. 이런 관점에서 저자는 이제 인간중심 세계관의 폐기를 웅변적으로 주장하고 있다. 그리하여 미생물이 바탕이 된 상호연결, 상호의존의 세계관으로 전환이 되어야 한다고 역설하고 있다. 이것은 인간이 우리 존재에 대한 자기발견의 한 과정이 될 것이다. 우리가 누구인가에 대해 사고의 확장이 일어나고 눈을 떠서 실상을 깨우쳐야 할 시점이다.

이렇게 인간중심 세계관에서 상호연결, 상호의존의 세계관으로 전환됨으로써 현대 과학기술의 크나큰 오류도 멈출 수가 있을 것이다. 그리하여 그 오류에서 비롯된 인간의 생존에 위협이 되고 있는 환경오염과 기후변화 같은 큰 폐해도 바로 잡을 수 있는 계기가 될 것이다. 이런 저자의 주장에 깊이 공감하지 않을 수 없다. 그리고 우군을 만난 듯 반가운 마음도 같이 생긴다. 왜냐하면 상호연결, 상호의존의 세계관은 동양의 전통적인 사상으로서 필자의 뇌리에 이미 깊게 새겨져 있기 때문이다.

그러나 그동안 연구대상의 분리와 독자성을 강조한 현대 생명과학의 기류 속에서 상호연결과 상호의존의 관점으로 연구하기가 쉽지 않은 상황이었다. 생명과학 내에서도 학문 영역 간의 괴리와 분리는 엄청나게 벌어져서 다른 영역에서 무슨 연구를 하고 있는지 파악하기 어렵다. 이는 상호연결, 상호의존 관점과는 거리가 멀다. 그러나 앞으로는 이런 관점의 연구를 해야 우리 앞에 놓인 난제들을 해결할 수 있을 것이다. 그 난제들에는 지구 전체의 문제뿐만 아니라 인간의 악성 전이암과 같은 난치성 질환들도 포함이 될 것이다. 그리고 그 새로운 관점의 중심에 미생물과의 연관성이 놓여 있고, 미생물과 공동으로 구축한 거대한 구조의 상호연결망이 있다. 따라서 미생물과의 동행을 지금부터는 잊어서는 안 될 것이다.

지구 구석구석의 긴 여정을 마치면서 저자는 인간을 비롯한 동식물의 일상에서 빚어내는 평범해 보이지만 경이로운 걸작품들이 미생물과의 합작으로 이루어진 것으로, 우리는 결코 혼자가 아니라는 말로 이 책을 마무리하고 있다. 이제 독자 여러분들도 우리가 혼자가 아닌 이 대열에 동참하여 인간중심의 세계관에서 벗어나면서 현대 과학기술의 오류에 눈떠보시길 간곡히 권해드린다.

『무량수전 배흘림기둥에 기대서서』

최순우 지음
학고재, 2008

암혈관생물학자, 분자병태생리학자 **이유미**

서울대학교 약학대학을 졸업한 뒤 동 대학원에서 석사·박사학위를 취득하고 부산대학교와 하버드대학교 의과대학에서 박사후 과정을 지냈다. 현재 경북대학교 약학대학에서 교수로 재직 중이며, 대학의 국제교류처장과 약학대학장을 역임했다. 한국과학기술한림원 정회원이며, 2021년 제20회 한국 로레알-유네스코 여성과학자 '학술진흥상'을 수상했다. 초등학교 시절의 많은 책 읽기와 제1회 전국 어린이 글짓기 대회 한인현 글짓기 산문 부문 장원 수상을 이 분야의 유일한 자랑으로 생각하며, '탐독사행' 독서 모임의 주축으로 각 분야의 책 읽기를 즐기고 있다.

한류의 기원이
바로 여기에

어려서 글쓰기를 좋아했고 책 읽기가 즐거움 중 하나였는데 크면서 대학 입시라는 데 매몰되고 또 졸업하고 전공에 맞춰 공부하고 …. 그 후에는 결혼하고 아이를 키우며 연구에 몰두하며 하루하루를 살아가다 보니 전공 서적이 아닌 일반적인 책을 읽기가 나에게는 사치스러운 일 중 하나였다고 할까. 이과생으로 살다가 약대에 진학해서 더 그랬을 테지만, 항상 독서에 대한 갈증과 심지어 빚을 진 심정으로 살아오던 와중에 더 이상 이렇게 무식한(?) 삶을 살면 안 되겠다는 자각이 있었던 차에 뜻을 같이 하는 같은 부류의 이과생 선후배들이 모여 독서를 시작했다. 이렇게 시작된 책 읽기에서 가장 인상적으로 다가와 밑바닥에 있던 갈증을 해소해준 책이 바로 『무량수전 배흘림기둥에 기대서서』였다고 감히 말하고 싶다.

유홍준의 『나의 문화유산답사기』를 통해 알게 되었던 것 같은데, 어디에 근거했는지는 알 수 없지만, 우리 민족의 문화적 우수성을 평소에 조금씩 몸소 느끼고 있었다고 할까. 하지만 이런 근거 없는 민족주의적 감정만으로는 누군가에게 그 우수성을 설명하기가 애매하기만 할 때 알게 되어 더욱 인상 깊었을 것이다. 이 책을 받아 들고 느꼈던 설렘은 아직도 기억이 생생하다. 표지에 나오는 부석사 안양루 사진을 보면서 그 주변의 정취와 멀리 내다보이는 풍경이 느껴지고 우리 문화와 문화재를 이제 나도 제대로 한번 느껴보고자 하는 마음이었던 것이다.

이 책은 1994년에 초판이 나왔고, 그 이후 재발행을 거듭하여 2008년 개정판이 나왔다. 저자인 최순우 선생은 1916년 개성 출생으로 개성 부립박물관에서 2년을 근무하다 서울 국립박물관으로 전근, 이후 국립박물관 학예관, 미술과장, 학예실장 등을 거쳐 1974년 국립중앙박물관장에 취임했다. 서울대학교를 비롯한 국내의 여러 유수 대학에서 미술사를 강의하셨고, 문화재위원회 위원, 한국미술평론가협회 대표, 한국미술사학회 대표를 지내셨다고 한다. 1984년 작고하기까지 성북동에 있는 최순우 옛집으로 알려진 한옥에서 머물다 가셨다.

『무량수전 배흘림기둥에 기대서서』는 최순우 선생이 평생 작업으로 하신 우리 문화유산에 대한 관찰과 역사에 대한 과학적이며, 사료에 근거한 일기이며, 누구도 표현할 수 없는 독특한 감성과 애정이 담긴, 매우 수려하고 아름다운 글로 표현된 우리 문화유산에 대한 생생한 기록이다. 이 문화유산을 어떻게 이렇게 표현할 수 있을까 감탄을 자아내는 그만의 표현, 정말 딱 맞아떨어지는, 그래서 그것을 한번 보고 기억한 사람들의 느낌을 고스란히 대신해주는 그런 글들은 그의 태생적인 안목과 역사를 관통하는 공감 능력이 아니라면 불가능한 것이다. 이것은 묘하게도 우리나라 문화에 대한 자랑스러운 마음과 함께, 태고부터 우리 할머니 할아버지 그 먼먼 조상에게서 전해 내려오는 무언가를 잘 드러내주고 있어 읽는 이의 고개가 절로 끄덕여지는 공감을 불러일으키게 한다.

우리 미술과 건축에 대한 그만의 심미안은 궁극적으로 우리 민족의 몸과 마음속에 배인 민족혼을 그 미술과 건축으로부터 불러일으킨다. 우리의 산들이 가진 부드러우면서 험하지 않은 모습과 성정을 가슴에 담고, 슬프지도 않지만 그리 복되지도 않은 순박한 삶을 살아온 우리 민족. 그 사람들이 바로 한국의 미술과 문화를 만들어낸 사람들임을. 이 사람들이 한국의 강산이 가진 마음씨와 그 몸짓 속에 머물렀기 때문에, 그저 그렇게 소박한 산수가 만들어지고 그것을 닮아온 사람, 바로 그 사람들이 지어낸 미술품과 집들은 그저 담담하고 욕심이 없어서, 그래서 좋다고 설명한다. 없으면 없는 대로 있으면 있는 대로 꾸밈없는 소박함과 요란스럽지 않은 한국의 미술품과 건축은 바로 이런 사람들의 마음씨가 빚은 것임을 체득한 표현으로 설명하고 있다.

첫 장의 「한국의 미와 얼」에서는 그가 우리의 미술에 대해 그

성격과 정서를 이야기한 글 중에서 대표적인 것에 대해 요약하여 실어놓았다. 건축미에 나타난 자연관, 한국의 실내의장, 신라 공예송, 한국의 탈, 한국의 자수병풍, 도자기, 고요한 익살의 아름다움, 창경궁의 연경당, 온돌방의 장판 맛, 후원과 장독대의 정취, 청자, 분청사기의 멋에 대해 이야기했다. 이 모든 분야와 문화를 한땀 한땀 조심스럽게 감상하고 있는데 글로 이를 다 전달할 수가 없는 것이 무척 아쉽다. 이 중 몇 가지만 인상 깊은 작자의 감상을 전하고자 한다.

「건축미에 나타난 자연관」편의 한국 건축에서 특히 기억했으면 하는 것은 한국인들의 자연에 관한 외경사상이다. 추상적일 수 있지만 우리 민족은 지맥을 존중하는 민족으로, 인간에게서는 혈맥이 그 생명을 가늠하듯이 향토나 방가의 운명이 지맥에 달려 있다는 생각을 했다는 것이다. 건축물을 앉힐 때 자연을 인위적으로 크게 변형하는 것을 극히 기피했다는 것이다. 사람은 어떻게든 대를 이어가지만 자연은 한 번 파괴되면 절대 되돌릴 수 없다는 생각을 우리 민족은 잠재적으로 하고 있었던 것이라고 하면서, 이것은 어떤 의미로 현대의 어떠한 뛰어난 지성보다도 한 걸음 앞선, 자연 보존에 대한 고귀한 가치관과 신념을 지녔던 것으로 생각했다. 특히 일제강점기 때 이러한 우리 민족의 정기를 죽이기 위해 거침없이 자연을 훼손하고 지형지물을 부수고 지맥을 끊고자 했던 일제의 만행도 곁들여 고발했다. 이 점에서 본다면 요즈음 만연하는 자본주의적 사고로 재개발이나 도로 건설, 에너지 생산 시설물이 자연을 훼손하고 전국 방방곡곡이 토지 보상 등으로 시끌벅적한 것은 우리 스스로가 우리 강산에 무엇을 하고 있는지 곰곰이 생각해 봐야 할 일이고, 국가적 차원에서도 자연과 문화재에 대한 지속 가능한 보호 정책을 세워야 하는 게 아닌가 생각이 드는 대목이다.

「신라의 공예송」에서는 신라의 공예미술 속에 들어 있는 각종 고급 기술과 높은 차원의 예술성과 창조적인 조형 재질을 볼 때 한국의 힘과 긍지를 느낄 수 있었다. 차원 높은 예술, 특히 미술공예는 여러 분야가 골고루 발전하여 비로소 이러한 전통이 이루어졌을 것을 미루어 짐작케 하며, 이 아름다움은 여전히 발굴되지 않은 채로 우리 산야에 묻혀 앞으로 우리 한국인이 이룰 위대한 가능성을 뒷받침해주리라 믿게 한다.

「한국의 탈」은 탈 자체만으로 그 예술적 가치를 가진다기보다는 탈놀이라는 민속놀이를 통해 탈을 이해한다. 소위 양반 대 상놈의 이야기에서 참고 견디면서 살아야만 했던 조선 서민 사회의 사람들, 그들의 웃음과 눈물이 무수히 얼룩져 있는 탈들과 탈놀이의 신나는 대사들이 한편 서글프면서도 또 다행스럽다고 느꼈다. 탈을 뒤집어쓰고 양반을 비아냥거릴 수 있고, 양반과 상놈, 남성과 여성, 심지어 백정과 승려라는 신분의 차이를 뛰어넘어 권위나 아첨을 멀찌감치 날려버리는, 속 시원히 말하고 싶었던 불합리와 부조리를 고발하는데 진지함보다는 가볍게 그러나 결코 가볍지만은 않은, 소위 풍자와 해학이 탈과 탈놀이 그 자체로 승화한 것임을 알게 되었다. 이런 놀이와 해학 속에서 힘겹지만, 견뎌내는 또 다른 무엇을 얻고 삶을 이어오지 않았겠는가?

자수는 다른 공예와 달리 태곳적 길쌈으로부터 여인들의 손에서 손으로 이어온 것이다. 「한국의 자수병풍」에서 저자는 귀족의 부녀로부터 서민의 여인에 이르기까지 수천 년 동안 한결같이 이어온 전통 동양 공예이며 어찌 보면 전통적 의미의 부도婦道라고 말하고 있다. 우리 여인들은 수틀 위에서 그들의 아름다운 꿈과 시정을 표현하고, 사랑하는 사람과 아이들을 위한 사랑의 기쁨을 누렸을 것이다. 화가이면서 시인이면서 때로는 선정禪定 속의 여인으로 자수 작품을 만들어내었을 것이다. 그들이 만들어낸 그림과 병풍에 대해 프랑스 국립박물관 연구원이 평하기를 바실리 칸딘스키, 조르주 브라크, 파블로 피카소, 매니어리 도슨에 앞서는 근대적 데포르마시옹Deformation, 자연을 대상으로 한 사실 묘사에서 이것의 특정 부분을 강조하거나 왜곡하여 변형시키는 미술 기법과 추상의 아름다움을 이미 알고 있는 여인들의 작품이라고 평가하였다 하니, 옛날 여인들의 미적 감각과 손재주와 표현에 대한 극찬이 아닌가 한다.

「살결의 감촉, 도자기」에서 저자는 한국의 공예는 한국적인 주택이라는 공간 속에서 자라났다고 했다. 고려의 청자나 조선의 자기는 모두 우리의 주택과 건축에 맞게 만들어지고 어우러진 것이라며 우리 미술 중 가장 한국적인 것으로 도자기를 든다. 한마디로 민족의 교향시와 같다고 한다. 그가 가장 극찬한 문화예술품이 도자기가 아닌가 한다. 길고 가늘지고 가냘프지만 도도하고 슬프지만 따스하면서 부드러운 곡선이 조화롭게 어우러지고, 자기 위 무늬는 호사스럽게 느껴지지만 지나치지 않고, 고려청자의 경우는 푸르고 맑은 너울을 쓴 아가씨로 비유하기도 했다. 조선자기의 세계와 예술에 대해서는 착하고 소박한 아름다움을 가졌고, 못생긴 듯 솔직하면서 정다운 느낌을 주고, 하얗지만 차갑지 않고 따뜻한 빛을 띠고 있다는 점을 강조하고 있다. 한국 도자기를 모르면 도자 이야기를 아예 하지 말라는 세계 예술인들의 자백은 유명한 이야기이고 옛날에 송나라의 태평노인이라는 학자가 쓴 『수중금袖中錦』 이라는 책에 "천하제일"이라고 일컬은 고려청자는 오늘날에는 영국의 저명한 미술사가 윌리엄 바워 허니가 쓴 논문에서도 "일찍이 인류가 만들어낸 도자기 중에서 가장 아름다운 것"이라는 찬사를 들었다 하니, 최순우 선생의 도자기에 대한 긍지는 실로 지대하여 심지어 그 감촉은 사람의 살결과 같다고 표현했다.

『논어』에 나오는 말 중에 무언가를 "좋아하는 자가 즐기는 자를 따르지 못한다."는 말처럼, 우리네 도공들은 자기의 일을 즐기며 자기를 빚었기에 사람의 살결과 같은 감촉이 느껴지는 것이 아닐까 상상해본다.

「온돌방 장판 맛」에서 저자는 온돌의 기원이 정확하지 않지만 조선 시대 후반 18세기에 기술 발전이 있었다고 말한다. 구조와 축조법은 지금 봐도 매우 과학적이면서도 합리적이며 탕방이라는 궁중 온돌에 대해서도 자세히 설명한다. 온돌 위에 덮인 장판은 오랜 세월 동안 콩댐과 들기름을 먹여 거울같이 맑아 잘 정리된 가구들이 비춰질 정도였다고 하는데, 이 대목에서는 사람 손이 많이 가는 우리네 온돌문화의 뒷면도 느끼게 된다. 하지만 옛날 온돌 장판의 깔끔하고 아름다우면서 고고한 모습을 기억하며 그 따뜻함에 대한 추억에 무한정 깊이 빠져들게 된다.

「분청사기의 멋」에서 저자는 분청사기를 거칠어진 청자에 백토로 화장해서 구워낸 것이라고 한다. 고려가 멸망하면서 고려청자도 함께 몰락하게 되었던 모양이다. 이에 고려의 것을 지우기 위해 도자기조차도 이러한 시도를 하게 되었던 게 아닌가 생각된다. 그런데 아이러니하게도 분청사기 기술은 새로운 기술로 근대성을 띠며 새로운 미를 탄생시키게 되었는데, 보다 대범해지고 민중적이면서 더 서민적으로 뒤바뀐 것이다. 현재 분청사기의 평판은 이미 세계적이라 하고, 우리 자기라면 사족을 못 써 도공까지 자기네나라로 데리고 가서 그 기술을 전수받고자 했던 일본인의 사랑은 역사적 사실이다. 이 분청사기 기술을 저자는 거친 살결에 분을 바르는 화장술이라 하였지만 작위적이라거나 인위적이지 않아 마치 한산모시나 안동포처럼 자연스러움을 갖고 있으며, 또 대담한 과장이 있는 반면, 생략과 왜곡이 드러나 있는 특징이 있어 근대미술의 세계와 상통하고 있다고 보았다. "못생긴 것이 오히려 잘생긴" 아이러니한 세계가 바로 분청사기의 세계라는 것인데 이해가 너무 잘 되는 표현이 아닌가 한다. 마치 미술품에 대한 안목을 키우면 키울수록 알게 되는 해석이고, 이는 무한한 해석이 가능한 일종의 추상적 아름다움으로 설명할 수 있다.

첫 장의 「한국의 미와 얼」에 이 책의 본질이라 할 수 있는 내용이 모두 집약되어 있어 이것만 읽어도 책을 모두 읽었다고 할 수 있을 것 같지만, 여기까지가 총론이었다면 각론으로 들어가 세세하게 국보급 작품별로 그 감상과 배경에 대해 이야기한다. 바로 돌아서 나오는 두 번째 장의 「조선의 회화」를 보면 작품별 설명과 역사, 감흥 하나하나 신비롭고 새롭지 않은 것이 없다. 두 번째 장부터는 각각의 작품을 감상하고 있는데, 그 감상을 따라 적는 것은 의미가 없을 것 같아 그저 어떤 작품들이 소개되어 있는지를 소개하고 대표적인 감상에 대해 이야기해보고자 한다.

그럼, 두 번째 장인 「조선의 회화」로 들어가 보자. 여기서 조선 초·중기 회화, 후기 회화, 겸재 정선의 작품, 단원 김홍도와 혜원 신윤복의 작품을 돌아본 뒤 조선 후기 회화로 마무리한다. 한국의 그림, 회화에 대한 그의 감상은 이러하다. 기교를 부린 듯하나 무심코 흘린 방심의 아름다움, 때로는 투박한 느낌을 주기도 하지만, 이러한 소소하고 무심한 감각은 한국 회화의 소탈한 아름다움으로 곁들여져 미술적 정취를 돋워준다고 한다. 일본의 그림처럼 장식적이거나 권위에 찬 중국 그림과는 차별화된다고.

신사임당의 〈수박〉. 사임당은 당시 여성으로서 드물게 시, 서, 화에 모두 재능을 보인 지식인으로 우리 모두 존경하는 분이다. 수박을 실감 나게 그려내면서도 여성만이 느낄 수 있는 섬세하고 세련된 애정이 서려 있고, 벌레 한 마리, 꽃 한 송이에도 특유의 순정미가 깃들어 있어 독자적인 풍토 감각의 일면을 이룬 본보기 그림이라 했다.

변상벽의 〈고양이와 참새〉. 변상벽은 조선 시대 후기의 화가
로 고양이 그림을 많이 그렸다고 한다. 고양이를 싫어하는 사람도
많지만 좋아하는 사람들은 그 애정이 남다른 것을 느낄 수가 있는
데, 이분도 고양이를 무척 좋아했던 모양이다. 그 그림을 보면 사
진을 찍은 것과 같이 순간의 몸짓을 포착하여 그린 기술이 놀랍다.
나무를 오르는 고양이가 몸을 틀어 아래를 바라보고 나무 아래 고
양이는 나무 위 고양이를 180도 고개를 틀어 올려다보는 모습이
애틋하게 느껴진다. 그 나무 위 참새 여섯 마리의 배치와 서로를
보고 있는 눈빛까지도 너무나도 정확하게 그려 넣은 이것이 수묵
화인가 싶을 정도로 신기하기만 하다. 최순우 선생은 이 작품을 보
고 사랑이 감싸인 정경이라고 묘사했고 속되어지기 쉬운 반려동물
화에 한층 격조를 높인 작품으로 평가했다.

김득신의 〈파적〉은 두 번째 장에 실린 작품 중 개인적으로 가
장 좋다고 생각하는 그림이다. 이 책을 통해 처음 접해서일까. 이
작품이 다이내믹한 느낌으로는 제일이 아닐까 한다. 김홍도 신윤
복과 김득신은 모두 같은 연대의 화가로 도화서의 화원을 지냈고,
그 교유 관계나 화풍도 서로에게 영향을 준 것으로 추측된다. 신윤
복은 인물들의 도회적인 세련미가 있고 김홍도는 구수하고 익살스
러운 서민 사회의 모습을 그렸다면 김득신은 기지와 해학의 즐거
움이 생동하는 느낌을 준다. 지금도 시골 마을 어디에서나 있을 수
있는 서민적이고 한국적인 익살과 정서가 서려 있고, 구수하면서

도 친근감이 가는 등장인물의 표정을 어찌 이렇게 자연스럽게 그려냈는지 감탄을 자아낸다.

다음으로 겸재 정선의 그림 여섯 개를 소개한다. 〈청풍계도〉, 〈금강산 만폭동도〉, 〈비로봉도〉, 〈통천문암도〉, 〈낚시하는 노인〉, 〈인곡유거도〉.

다음은 단원 김홍도의 작품 여섯 가지와 혜원 신윤복 작품 열한 가지를 정리했다. 단원의 〈봄시내〉, 〈사민도 중 '상商'〉, 〈고누놀이〉, 〈무동〉, 〈군선도〉, 〈평안감사 부임 축하잔치〉이다. 그리고 혜원의 〈미인도〉, 〈연못가의 여인〉, 〈월하정인〉, 〈기방도〉, 〈밀회〉, 〈선술집〉, 〈검문〉, 〈초당놀이〉, 〈굿놀이〉, 〈봄나들이〉, 〈빨래터〉이다.

신윤복에 대한 저자의 그림 평을 들어보면, 우선 제목만 보아도 신윤복의 관심사는 남달랐던 것 같다. 당시로서는 어려웠을 듯한데도 여인을 그린 그림이 많다. 위에 나열된 모든 그림에 여인이 등장한다. 즉, 주인공이 여성이라는 얘기이다. 여성의 아름다움에 대한 남다른 애착이 있었다고도 볼 수 있다. 작자의 말에 따르면 혜원의 작품 중에는 불륜을 다룬 것들이 적지 않고 그중에서도 가장 빈도가 높고 눈에 띄는 것은 승려와 양갓집 부녀의 관계를 암시한 장면들이라고 한다. 〈밀회〉라는 작품을 보면 두 남녀가 밀회를 즐기는 장면이 나온다. 조금 떨어진 담벼락에 붙어서 그들을 엿보는 여인이 그려져 있다. 즉, 두 남녀와 또 다른 제삼자까지 포함시켜 작자관찰자가 그린 그림인 것이다. 이 그림에서 표현하고 하는 것은 아마도 피동적인 여인이라기보다 능동적인 여인의 모습이고, 여인과 그 허리를 감은 사나이의 손길, 여인의 나긋한 팔가짐 등 여인의 모습을 잘 묘사했는데 이는 아마도 신윤복만의 예사롭지 않은, 세상사에 대한 솔직한 시선이 이러한 그림들을 그리지 않았나 생각해보게 되는 대목이다.

조선 후기의 회화에서는 김정희의 〈산수〉, 조희봉의 〈매화서옥도〉, 김수철의 〈송계한담도〉, 홍세섭의 〈헤엄치는 오리〉, 이재관의 〈송하처사도〉, 허련의 〈산수〉, 채용산의 〈운낭자 초상〉을 싣고 감상했다. 여기서는 김정희의 〈산수〉에 대한 감상을 전하고자 한다.

김정희는 너무도 유명한 분이지만 보통 이분의 작품을 교과서 정도에서만 접해본 게 대부분일 것이다. 저자와 같은 전문가로서도 범접하기 어려워 평가라는 말을 담기 어려워 보였다. 그분의 인품과 학문의 총화에서 나온 결정체로써 김정희의 작품을 대하고 있다. 이 〈산수〉에 대한 감상에서 그림에 나타난 한 점, 한 획이 바로 조형이며 비범함이라고 하면서 이는 바로 한 점, 한 획을 칠 때 김정희 스스로 여유로움과 아름다움을 즐겼다는 것을 알 수 있다고 했다. 이는 나와 같은 비전문가의 눈으로 보아도 구도와 아름다움이 무척 비범하게 느껴졌다.

그다음 세 번째 장에서는 전통 건축에 대해 소개한다. 불국사의 대석단. 부석사 무량수전, 통도사, 창덕궁의 부용정, 경회루의 돌기둥, 경복궁의 옛 담장, 백제의 무늬벽돌, 신라의 막새기와, 신라 보상화 무늬 벽돌. 무엇 하나 그 감상을 지나칠 수 없는 소중한 우리의 유산들이다. 그는 일찍이 한국의 건축에 대해 감히 건물이라고 규정지을 수 없는 공간이라고 존경 어린 마음을 나타내었고, 한국의 주택은 아기자기하거나 신경질적인 짜임새나 구조적 기교미를 가진 일본의 주택과 다르다고 여겼다. 우리의 주택은 일본과 같이 인위적으로 만든 산, 그리고 깎아내어 모양을 낸 정원수 등으로 멋을 내지 않는다. 중국처럼 거창하고 호들갑스러운 치장과 번잡스럽고 장대하게 꾸미지 않는다고 정확히 이야기한다. 일본이나 중국을 갔을 때 처음에는 그 아기자기함에, 꾸미고 기교를 부림에, 때로는 그 어마어마한 사이즈에 압도당하는 경험을 해보았을 것이다. 그러나 돌아서면서 곧바로 몰려오는 허망함에, 가슴에 남는 것이 없는 없다는 감정을 느낀 이유가 무엇인지 알게 해주는 말이다.

이 장에서는 이 책의 제목이기도 한 부석사 무량수전에 대한 감상만을 전하고자 한다. 이 책을 읽고 부석사를 찾았던 기억이 있다. 대구에서 영주가 그리 멀지 않은 데도 한 번도 가본 적이 없었던 부석사, 그리고 무량수전을 찾았을 때가 몇 년 전 여름 어느 날이었다. 휴일이었으니 사람들로 많이 붐볐고, 무량수전과 부석을 배경으로 사진을 많이들 찍었다. 이 책의 표지 사진인 안양루에서 소백산 아래를 내려다보며 다시 한번 이 책에 쓰인 최순우 선생의 감상을 되새겨보기도 했다. 그의 무량수전 모든 건축물에 대한 고마움을 표현한 것에서 이 책의 제목이 유래하였는데, 이 책의 모든 문화재의 요약이 여기에 농축되어 있다.

무량수전은 고려 중기의 건축으로 우리 민족이 보존해온 목조 건축 중에서 가장 아름답고 가장 오래된 건물이라고 한다. 기둥의 높이와 굵기, 지붕 추녀의 곡선과 그 기둥이 주는 조화, 간결하면서도 역학적이며 기능에 충실한 주심포기둥머리 바로 위에 짜놓은 공포의 아름다움이 모두 꼭 갖출 것만을 갖춘 필요미이고, 문창살 하나에도 비례를 고려한 상쾌함이 있다고 칭찬한다.

무량수전 주변의 석축에 대해서도 이 석축들의 짜임새를 그냥 넘기지 않았다. 이들의 쌓아 올린 각도가 각기 다른 각도에서 이뤄진 것은 아마도 먼 산이 지니는 겹겹이 쌓인 능선의 각도와 조화시키기 위해 풍수사상에 입각해 계산한 계획일 가능성도 내비친다. 석축 하나하나의 각도까지 주변의 능선의 각도를 바라보고 앉혔을 것이라는 그의 상상력과 지혜로운 안목에 대해, 사진이나 몇 장 찍고 그냥 지나쳐버리곤 하는 우리네들과는 전혀 다른, 그만의 과학적이면서 절절한 애정의 눈으로 본 정확한 분석력에 놀랄 수밖에 없는 것이다.

다음 장은 공예에 대해 소개했다. 황금보관, 용두보당, 물가풍경 무늬 정병, 자개장이나 노리개 등도 너무도 아름다움 작품들이지만 이 중 성덕대왕신종에 대한 소개만을 전한다. 에밀레종으로 알고 있는 바로 그것이다. 수학여행 가면 반드시 보고 와야 하는 그것. 지금은 불교의 전성기인 통일신라 시대 작품으로 여러 전란과 우여곡절에도 잘 보존되어 남아 있는 일연의 작품이며 국보 중의 국보라고 소개한다. 종 주조의 역사에 대해서는 생략하고, 종의 전체적인 구성과 구조를 설명했다.

그다음 장은 불상에 대한 이야기이다. 고구려 '연가 7년'이 새겨진 부처, 백제 석조불좌상, 금동반가사유상, 목조미륵보살반가상, 장청골 석조보살입상, 석굴암 본존불, 석굴암 십일면관음상, 석굴암의 범천상, 칠조석불좌상, 철조불두, 한송사 석조보살좌상, 안동 제비원 석불에 대해 감상했다. 우리의 불상은 엄숙한 얼굴인지 웃음을 머금은 얼굴인지 잘 분간이 안 가지만 오래 열심히 보면 그 옅은 웃음과 뜻과 아름다움을 마음으로 느껴서 알게 된다고 했는데 이 정도 경지에 이르기 위해서는 나의 눈에 세월의 눈이 덧입혀져야 하리라.

다음은 탑 세 개. 속리산 법주사 팔상전, 화엄사 사사자삼층석탑과 공양상, 삼척 비석머리와 신라 토기 세 점에 대해 이야기한다. 그 다음 장에는 청자 열세 점을 각각 소개했고, 그다음 장은 분청사기 여섯 점을, 그리고 마지막 장에는 백자 열여섯 점을 자세히 소개했다. 이 모두 국보급 보물들이다. 한 가지 한 가지가 사진과 함께 감상해야 마땅하고, 그 감상을 한 글자도 놓칠 수 없는 소중한 것들뿐이다. 앞서 청자와 분청사기, 백자의 아름다움에 대해서는 이미 감상평을 남겼기에 각 작품에 대한 감상은 독자들 각자의 것으로 남겨두고자 한다.

이 책을 읽으며 가장 먼저 공감하며 깨달은 것은, 우리 한국인들이 너무나 한국적인 것을 모르고 살고 있다는 것이었다. 가장 놀라웠던 것은 내 안에 꿈틀대는 한국적인 그러나 뭔지 모를 고상하고 차원 높은 미에 대한 감각과 미술품을 즐기는 안목, 보는 안목, 이 모든 미를 추구하고자 하는 욕망과 열망의 유래가 이 책에서 소개해주는 한 작품 한 작품 속에, 그 작품에 대한 최순우 선생의 감상 안에 그대로 설명되어 녹아 있다는 점이었다. 그것은 동양 작품의 대명사라고 알려진 중국을 넘어서서 오랜 세월 동안 우리의 것으로 녹여내고 창조해내며 결코 요란스럽지도 촌스럽지도 않고, 또 너무 세밀하여 조잡하지도 않은, 그러나 단아하면서 아름답고 세련되게 만들어왔던 이름 없는 조상들의 재치와 지혜, 그리고 유머와 해학의 유전자가 우리의 세포 하나하나에 새겨져 있기 때문일 것이다.

우리는 일제 36년의 억압의 세월과 전쟁의 상처를 가지고 있어 다른 나라에 비해 문화적 소실과 손실이 컸고 역사적으로 그 보존과 발굴에 오랜 시간 동안 소홀했던 것이 사실이다. 이제는 국민들도 이러한 문화재나 국보들의 가치를 조금씩 깨달아가고 있고, 국가적으로도 문화재청을 두고 관리하고 있을 뿐 아니라 각계 각처에 최순우 선생이나 그 후배들과 같은 전문가들도 늘어나고 있으니 이제부터는 크게 걱정할 필요는 없을 테다.

특히나 요즘은 전 세계적으로 뭐든 한류가 대세가 아닌가. K-pop으로 시작된 한류는 지금 K-드라마, K-시네마 등으로 벌써 세계적인 문화의 주요 흐름을 이끄는 것으로 자리를 굳혀가고 있고, 더 나아가 K-건축, K-미술, K-음악 등을 창조해내고 있는 것을 볼 때 저절로 우리 문화의 우월성을 믿게 된다. 이러한 한류는 그냥 단순히 흉내 내고 따라 해서 될 성격이나 질이 아니라는 것을 우리도 알고 세계가 경험하고 있는 것을 보며 나 자신을 비롯한 우리들이 한국인임에 자긍심을 느끼게 된다. 서양의 문화에 길들여져 있고 또 그로부터 클래식이라는 류를 만들어내어 이를 온 세계가 부러워하고 숭앙하는 것은 사실이지만, 이 책을 읽으며 음악이든 미술이든 건축이든 공예든 그 클래식을 뛰어넘어 또 다른 클래스를 만들어낼 수 있는 남다른 유전자가 우리 안에 있다는 생각이 너무나도 확고하게 들었다. 우리가 우리 것을 보다 진지하게 연구하고 바라보며 마음속으로부터 느끼는 것이 얼마나 소중한 것인지 알게 되었다.

마지막으로 독자들에게 저자 최순우 선생의 옛집을 꼭 방문해보길 권한다. 이 책을 읽은 뒤, 우리 모임의 이름인 '탐독사행探讀思行'의 사행思行의 의미로 서울 성북동에 위치한 이곳을 방문했었는데, 이곳은 성북동 관광 안내서에도 나와 있어 금방 찾을 수 있었다. 대문을 열고 들어서면 나즈막한 집이 눈 안에 쏙 들어오는데 걸음을 옮겨 자그마한 안방과 대청, 사랑방과 뜰, 그리고 살림살이를 둘러보다 보면 마음이 정갈해지고 안온해지는 기분이 들 것이다. 그분의 일생을 통해 돌 하나하나와 풀 한 포기까지 생활 속의 한국적인 세련된 안목으로 몸소 지니고 가꾸신 후 일반인 모두를 위해 그대로 놓고 가신 그 체취를 이 책과 함께 꼭 느꼈으면 좋겠다.

『정도전을 위한 변명』

조유식 지음
휴머니스트, 2014

병태생리학자, 암생물학자 **김남득**

부산대학교 약학대학을 졸업한 뒤 KAIST에서 생물공학 석사학위, 미국 위스콘신대학교에서 인체종양학으로 이학 박사학위를 취득하였고, 현재 모교인 부산대학교 약학대학에서 학생들을 지도하고 있다.

1987년부터 김규원 교수님을 만난 뒤 여러 가지 일들을 함께했으며 '탐독사행'에도 동참하면서 다양한 장르의 책 읽기를 즐겨 하고 있으며 근래에는 동서양 역사 관련 책들을 섭렵하고 있다.

정도전의 부활을
꿈꾸며

조유식과의 만남

2014년 여름 두 번째로 약대 학장을 맡고 있을 때였는데, 부산대학교 약대 1회 졸업생이면서, 약대에 장학금과 발전기금 15억 원을 출연하신 조상도 동문 선배님을 뵙고 감사의 말씀을 전하던 중, 본인의 2남 1녀 중 차남이 조유식이고, 『정도전을 위한 변명』을 쓴 저자이니 한번 읽어보라고 권하셨다. 마침 2014년 1월 초부터 6월 말까지 KBS 1TV에서 〈정도전〉이라는 주말 드라마가 있었지만, 더 관심을 끈 것은 '조유식' 이름 세 글자였다.

그날 이후 처음 만난 조유식은 그 이름이 전해주는 무게보다 체구는 작았지만 눈빛은 초롱초롱 살아 있었는데, 그 눈빛에는 젊은 시절 치열했던 운동권의 핵심 인사 흔적이 남아 있었다. 2018년 10월 27일 우리들의 독서 모임 '탐독사행'에서 『정도전을 위한 변명』독서 토론회를 가졌고, 조유식을 초빙했다. 조유식은 서울대학교 정치학과 83학번으로 1980년대 중반 운동권의 중심에 섰던 사람이다. 1994년 학부를 졸업하고, 1992년부터 1997년까지 시사월간지 『말』에서 기자로 활동했다. 조유식과 1980년대 운동권에 대해 더 말하기 전에 나에 대한 소개를 좀 더 해야겠다.

나의 젊은 시절 추억 ────────────────── •

대학교 3학년인 1979년 10월 16일, 부산대학교에서 시작된 10·16 부마민주항쟁에는 시위대로, 10·26 사태, 12·12 군사 반란, 대학 4학년인 1980년 서울의 봄, 5·18 민주화운동 등은 관람자로 격한 시절을 보냈다. KAIST 대학원 석사 과정 2학년인 1982년 4월, 그 전해인 1981년 9월부터 부산에서 부림사건釜林事件으로 구속된 대학 동기 장상훈[1]의 공범으로 지목되어, 부산경찰청 대공수

---

1 장상훈은 부산대학교 약대 77학번. 1981년 10월 부림사건으로 구속, 집행유예로 풀려남. 부림사건 다섯 명의 변호사 중 한 명인 노무현을 만났으며, 39세 노무현 변호사의 첫 결혼 주례가 장상훈의 결혼이었고, 부림사건은 2013년에 개봉한 영화 〈변호인〉의 모티브가 되었음.

사과 차장이 KAIST를 직접 방문했고 대학 4학년 때 장상훈과 '불온서적 도서목록 작성 및 배포'와 관련하여 심문 및 진술서 작성 후 손도장도 찍도록 했다. 그해 5월 부산지방법원에서 열린 부림사건 재판에 장상훈의 증인으로 출석하여 증인심문도 받았다. 나중에 장상훈은 집행유예로 풀려났고, 나와 관련된 사건은 1982년 10월 26일 대법원에서 최종적으로 무죄판결되었다.

KAIST에서 석사학위를 받은 뒤 모교인 부산대학교 약대 조교로 임용된 후, 약대 강의에 필요한 해부학, 생리학, 병리학 등을 배우기 위해 부산대학교 의대 해부학교실과 병리학교실로 3년간 파견 근무를 나갔다. 1986년 2월 부산대학교 약대 전임강사가 될 뻔했으나, 전임강사 임용 과정에 기술적인 문제가 발생하여 미국 유학을 결심했다. 1987년 봄 위스콘신대학교 인체종양학과에서 전액 장학금을 포함한 입학 허가를 받아 8월 유학을 떠났는데 출국 전까지 주민등록지를 옮길 때마다 시국사범이라고 하면서 관할 경찰서 형사들이 찾기에, 김포공항 탑승 수속 당시 출국에 문제가 있을까봐 매우 긴장했었다. 1992년 박사학위 취득 후 1993년 3월 모교에서 해부생리학 및 병리학 담당 전임강사로 임용되면서 오랜 꿈이었던 모교의 교수가 되었다.

1977년부터 1987년까지 10여 년을 대학가에서 지내면서 대학 운동권과 민주화 투쟁 등에 대해 나름 알게 되었다. 특히 1980년대 초·중반은 여러 가지 사건들이 많았는데 앞서 말한 부림사건 외에 부산 미국문화원 방화사건, 1987년 1월 박종철 고문치사사건 등에 이어 1987년 6월 민주항쟁에는 민주 시민의 한 사람으로 길거리에 나갔다. 그런 이유로 조유식의 이름은 나에게 색다른 느낌으로 다가왔고 2015년 조유식을 처음 만났을 때 옛 동지를 만난 듯했다.

조유식의 젊은 시절 ───────────────── •

1983년 서울대학교 입학 후 처음 학생운동에 나설 때는 민주화에 대한 순수한 열정에서 시작했으나 이후 이념학습을 통해 마르크스주의를 유일의 진리로 받아들이게 됐고, 1986년부터는 북한 체제가 가장 이상적인 국가 형태라고 착각하게 되었다고 했다. 이런 조유식과 뗄 수 없는 인물이 '강철서신' 김영환이다.

김영환은 1963년 경상북도 안동 출신인데 서울대학교 법대 공법학과 82학번으로 1985년 8월부터 서울대학교에서 시작된 민주화추진위원회 사건에 관련되어 지명수배되자 도피, 제적되었고, 1991년 복학 후 1992년 2월 졸업했다. 1985년 말부터 필명 '강철'이란 이름으로 '한 노동 운동가가 청년 학생들에게 보내는 편지' 형태로 주체사상을 알기 쉽게 소개하기 시작했다. 바로 『강철서신』이다. 1986년 3월에는 서울대학교에서 구국학생연맹구학련을 결성하였는데, '구학련'은 대한민국 학생운동사에서 최초 NL National Liberation, 민족해방 노선의 비합법 주체사상파 조직이다.

조유식도 구학련에서 투쟁부장을 맡았고, 고려대, 연세대, 전남대 등에 NL 조직 확산 및 반독재·반미 투쟁에 앞장섰다. 1986년 10월의 '건대사태'로 1288명과 함께 구학련 관련자들도 구속되었고, 12월 20일 핵심요원들에 대한 구형이 있었으며, 당시 구학련 중앙위원을 맡고 있던 조유식은 국가보안법위반 등을 적용, 징역 10년에 자격정지 10년을 구형받은 후 동년 12월 29일 징역 5년에 자격정지 5년을 선고받고 2년여를 복역하다가 1988년 형집행정지로 출소했다.

1989년 김영환이 결성한 지하조직 '반제청년동맹반청'에 가입해 활동하던 중 남파간첩 윤택림북한 대외연락부 5과장에게 김영환과 함께 포섭되어 조선노동당에 현지 입당했다. 먼저 입당한 김영환의 대호代號는 '관악산 1호', 이후에 입당한 조유식의 대호는 '관철봉'이었다. 1989년 10월경 울산 현대중공업에 위장 취업하였다가 징역 1년을 받아 구속되었다. 복역하다가 만기 출소한 상태로 있던 조유식에게 1991년 3월 초순 김영환이 입북을 권유하였고, 1991년 5월 16일 밤 강화도에서 김영환과 함께 반半잠수정을 타고 해주에 도착한 뒤 초대소에 며칠간 머문 후 평양으로 갔다. 평양에서 두 사람 모두 조선노동당에 정식 입당 후 김영환은 김일성을 두 차례 만나는 사이, 조유식은 윤택림으로부터 대북 연락용 무전기 교육 등을 받은 후 월북 17일 만인 6월 1일 밤 제주도 서귀포 해안을 통해 함께 귀환했다. 1992년 3월 '반제청년동맹'을 이끌던 하영옥 등을 포섭해 김영환과 같이 '민족민주혁명당민혁당'을 창당했으며 김영환은 중앙위원, 조유식은 연락책을 맡았다. 1992년 4월 12일 강화도에 설치된 무인함ㄷ보크을 이용하여 북한으로부터 배달된, 당시 환율로 약 3억 원에 해당하는 미화 40만 달러 외 권총 2정과 실탄 다수, 무전기 2대, 보고용 난수표 등을 김영환에게 전달하기도 했다.

1991년의 조유식과 김영환의 월북 사건은 1998년까지 알려지지 않았다. 1998년 12월 18일 밤, 여수에서 남해로 도주하던 북한의 반잠수정 한 척이 우리 해군과 공군의 합동 작전으로 격침되었고, 1999년 3월 17일 잠수정이 인양되어 다수의 유류품이 발견되었는데 국가정보원이 이것들을 추적하여 하영옥 등 민족민주혁명당 관련자들을 파악했고, 이어서 김영환, 조유식 등 관련 용의자들이 확인되었다. 1999년 9월 민혁당 사건 관련자 체포, 투옥된 후 국정원에서 조사를 받다가 9월 8일 반성문을 쓰고 전향했고 공소 보류된 후 10월 7일 석방되었다.

조유식과 김영환의 전향은 갑작스럽게 된 것이 아니고, 1991년 5월 평양에서 김일성을 만난 뒤 주체사상에 대한 영감을 받지 못하였을 뿐 아니라 사상적으로도 취할 것이 없었던 것 외에도 북한 내에 만연한 관료주의, 주체사상에 얽매인 북한 지식인들의 창의성 부족, 북한 전체가 활발하지 못하고 죽은 듯한 모습 등이 주요한 이유라고 했다. 함께 활동하던 김영환은 이미 『말』 1995년 4월호 칼럼에 「반미, 북한 그리고 90년대에 대한 나의 생각」이란 글을 포함하여 수차례 전향 의사를 표시했다. 이런 정황으로 보아 김영환의 대북 연락책으로 활동하던 조유식도 1990년대 중반부터 사상적 전향을 한 것으로 보인다.

언젠가 조유식과의 만남에서 인터넷 서점을 하게 된 계기를 물었다. 1997년『말』에서 퇴사한 뒤 일거리를 찾던 중 부친이 미국 UCLA 단기 객원 연구원 자리를 주선해주었고, 혼자 미국에서 지내는 중 인터넷 등장과 1994년 설립된 '아마존'을 벤치마킹하여 국내에서의 인터넷 서점 가능성을 구상하였고, 1998년 11월 귀국 후 '알라딘커뮤니케이션'을 설립, 1999년 7월 14일부터 '알라딘' 인터넷 서점 서비스를 시작했다.

조유식과 정도전의 만남

조유식은『말』의 기자이던 1994년경 '한국 정치의 세대교체'라는 주제로 여러 정치인을 만나던 중 어느 한 젊은 분이 "그 문제라면 정도전을 한번 파보라."고 하여 정도전에 대해 관심을 가졌다고 했다. 그분의 말을 정리하면 조선 건국은 단순한 왕조의 변화가 아니라 '고려'라는 옛 왕조를 청산하기 위한 혁명이며, 정도전은 옛 정치 세력을 몰아내고 세대를 바꾼 주인공이었다는 것이다.

정도전은 고려 말과 조선 초에 활동했던 유학자이자 혁명가이다. 본관은 봉화, 자는 종지宗之, 호는 삼봉三峯, 시호는 문헌文憲이다. 부친 정운경鄭云敬과 모친 영주 우씨우연禹淵 선생의 첩의 딸 사이에서 장남으로 경상도 구성 성저마을현재 경상북도 영주시에서 출생[2]했다. 부친 집안은 봉화에서 대대로 향리를 지냈고, 부친은 외삼촌의 도움으로 개경에 유학해 고려 제27대 충숙왕 때 과거에 급제했고, 뒷날 형부상서현재의 법무부 장관까지 올라간다. 모친이 첩의 딸이었고, 외할머니도 천인의 딸이었기에 정도전은 처음 벼슬길에 나설 때부터 외가가 천출이라고 업신여김을 많이 받아 어쩌면 '더러운 세상'을 뒤엎고 싶은 마음이 이때부터 싹튼 것이 아닌가 생각된다.

부친이 고려의 수도인 개경에서 첫 벼슬을 했을 때가 정도전의 나이 10세였는데, 부친과 친한 이곡목은牧隱 이색의 부친으로 인해 14세 연상이던 이색1328~1396과 가깝게 지낼 수 있었고, 성균관에서 대사성이자 성균박사인 이색을 다시 만나 성리학에 대해 많은 것을 배우게 된다.

---

2 정도전의 출생연도와 출생지에 대한 명확한 기록이 없음. 태조 5년인 1396년에 정도전의 나이가 쉰다섯 살이라 명나라에 갈 수 없다는 사실에 비추어 출생년도를 1342년으로 추측함. 출생지도 개경 혹은 외가가 있던 단양일 수도 있음.

1357년공민왕 6년, 정도전 15세 개경의 이제현1288~1367의 문하에 들어가 수학했는데, 그 당시 고려는 망해가는 나라의 모습, 그 자체였다. 100년에 걸친 무신집권기1170~1270, 40여 년의 대몽항전 1231~1273과 패배, 그 후 80여 년 동안 이어진 원의 내정간섭기 등으로 고려의 국위 실추와 민생 도탄은 사회 도처에 만연했다. 18세인 1360년 성균시에 합격하고, 20세인 1362년에 진사시동진사에 합격한 후 성균관에 입학하여 이색 등과 교류하면서 성리학적 이념과 사상을 심층 이해하게 된다.

스승 이색을 다시 만나다 ⸺⸺⸺⸺⸺⸺ •

이색을 스승으로 모시면서 포은 정몽주, 이숭인, 권근, 하륜 등 고려 말의 대표적 성리학자들과 많은 교류를 했다. 이러한 이색의 제자들을 '이색 학당'이라고도 부르는데, 이들을 신진사대부 또는 신흥사대부라고 하며, 당시 고려 말의 지배 계층이자 친원 정책을 주장하던 권문세족에 대항하는 새로운 정치·사회 세력 집단이 되었다.

성리학 ———————————————————— •

성리학은 송나라 대유학자인 주희가 확립한 것으로 외래 사상인 불교에 대응하고, 중국 한, 당 시대에 성행한 유학인 형식화되고 획일화된 훈고학의 문제점을 개선하고자 시작된 유학의 한 갈래이다. 1356년경 원元에서 유학과 벼슬살이를 마치고 귀국한 이색도 고려 말 부패한 불교를 대신할 사상으로 중국의 성리학을 수용하고 변형하여 정착시켰다. 비록 성리학을 수입한 것은 안향이지만, 이것을 발전시키고 정착케 한 것은 이색이었음에는 이론의 여지가 없다고 한다.

중국 성리학의 핵심 주제는 '천인합일天人合一'사상으로, 하늘과 사람을 일체화하는 것이 궁극적인 목표이다. 즉, 사람이 가진 여러 본성 중에서 가장 선한 요소를 극대화하여 하늘처럼 되게 하는 것이다. 그러나 이색이 발전시킨 성리학의 핵심 주제는 '천인무간天人無間' 사상이다. 천인무간, 즉 하늘과 사람 사이에 사이가 없는, 하늘과 사람은 하나로 연결된 존재이기 때문에 사람은 하늘이고, 하늘처럼 숭고한 삶을 사는 것이 마땅하다고 생각했다. 그리고 더 나아가 하늘과 사람 즉, 내가 하나라면 타인도 하늘과 하나이고, 그렇다면 나와 타인도 하나이다. 이러한 논증 결과로 이색의 '만물일체사상'이 나온다. 당시에 왕을 '하늘', 백성을 '땅'으로 구분하던 것에서 '하늘'과 '땅'이 일체가 되고, '왕'과 '백성' 또한 일체가 됨을 상상한 것에서 시작하여 민본주의를 바탕으로 한 왕도정치, 즉 국왕이 하늘의 뜻에 따라 백성을 다스리는 왕도정치를 꿈꾸게 된 것으로 판단된다.

정도전의 생애 중반 ─────────────── •

정도전이 벼슬길에 나설 당시 중국에서는 원이 서서히 몰락하고 있었다. 이러한 정황을 파악은 정도전은 원을 추종하던 권문세족들을 비판하고 원과의 관계를 단교하고 신흥국 명明과 친해지자는 주장을 펴고 있었는데 이것으로 권문세족들의 눈 밖에 났다.

1375년제32대 우왕 2년, 정도전 33세 원의 사신 영접 문제로 신진사대부와 권신들 간에 대립이 있었다. 당시 우왕의 실세이자 친원파 세족이던 이인임은 정도전을 영접사로 임명하려 했지만 "사신의 머리를 베든지, 그렇지 않으면 그들을 묶어서 명으로 보내버리겠다."라며 반대한 것이 원인이 되어 정몽주와 함께 유배되었다.

그 후 정몽주가 먼저 유배에서 풀려난 후 복직되었지만 정도전은 9년 동안 낭인 생활을 이어갔으며, 유배지에서 가난과 굶주림으로 고통받는 백성들을 보며 성균관에서 배우고 익혔던 민본사상을 더욱 굳건히 했다. 1377년우왕 3년, 정도전 35세 유배에서 풀려나 영주에서 칩거하며 4년의 세월을 더 보낸다. 1381년우왕 7년, 정도전 39세 유배가 더욱 완화되어 지금의 서울 북한산 밑에 '삼봉재'를 지어 제자들을 가르치기 시작했다.

1383년우왕 9년, 정도전 41세 당시 평소에 존경하던 선배 정몽주의 주선으로 1380년 황산대첩에서 왜구를 물리치면서 최고의 무장이 된 함주함흥 소재 동북면 도지휘사 이성계를 처음 만났고 이후 두 차례에 걸쳐 다시 만나면서 정도전의 급진개혁 사상에 어울리는 '역성혁명易姓革命'의 꿈이 태동한 것으로 본다.

역성혁명의 태동

역성혁명이란 '기존의 세습 왕조가 다른 성姓을 가진 군주로 왕위가 변경되는 것'이며, 무력에 의하거나 평화롭게 진행될 수 있다. 역성혁명을 더 소개하기에 앞서 정도전에게 급진적인 개혁 사상을 심어준 것은 『맹자』였다. 정도전은 24세 때인 1366년 1월에 부친상, 12월에 모친상을 당하면서 부모 삼년상을 동시에 치렀는데 그때 정몽주가 준 『맹자』를 하루에 한두 장만 읽으면서 철저하게 정독하고 연구했다. 『공자』가 '민중을 사랑하라.'고 했다면, 『맹자』는 공자를 넘어 '민중과 함께하라.'고 말했으며, '민심을 얻지 못할 때 민중은 군주를 버린다역성혁명.'라고까지 한 『맹자』의 '혁명론'이 정도전에게는 죽는 날까지 핵심적인 실천적 이념이 되었다. 정도전과 정몽주 모두 동일한 책 『맹자』를 읽었지만 정몽주는 이를 통해 '새로운 세상, 새롭게 개혁한 고려'를 꿈꾸었다면, 정도전은

'희망이 보이지 않기에 반드시 타파해야 하는 구시대 체제의 고려' 를 보았다.

그렇다면 정도전이 꿈꾸었던 역성혁명의 내용은 구체적으로 무엇이었을까? 정도전은 학식이 뛰어났고, 오랜 기간의 야인 생활을 통해 고통받는 민초의 삶에 대한 애정으로 사회 개혁의 필요성을 절감했다. 사회 개혁 추진뿐 아니라 혁명에 이르는 과정 중에 필요한 전반적인 문제들에 대한 대안들을 준비했으며, 이것들은 1392년 7월 공양왕의 선양禪讓으로 이성계가 임금으로 추대되어 새 왕조 조선이 건국되자 태조의 왕명을 받아 작성한 열일곱 개 항목의 〈편민사목便民事目〉에 포함되었고 태조의 즉위 교서로도 공표되었다. 여기에는 조선의 종묘와 사직을 세우고, 행정, 군사, 외교, 교육 등 조선의 전반적인 문물제도와 정책 방향을 제시했는데, 조선이란 새 왕조가 새로운 세상을 열겠다는 열망이 담겨 있다.

그러나 그가 꿈꾼 역성혁명의 가장 중요한 것은 혈통 중심의 절대 왕권 정치가 아닌 관료, 특히 재상宰相 중심의 재상정치였다. 당시인 14세기 무렵 전 세계에서는 절대 왕권정치가 유일한 정치 형태였지만, 정도전은 근대 입헌군주제와 유사한 재상이 정치의 중심이 되는 재상정치를 제시한 것이다. 정도전이 구상했던 재상정치는 건국 초기부터 의정부서사제議政府署事制로 도입되었는데 태종 이방원의 집권으로 폐지되었다가 문종 때 부활했다. 근대 입헌군주제는 17세기 영국이 최초로 〈권리장전權利章典, Bill of Rights, 1689〉을 통해 확립된 것을 보더라도 정도전이 구상한 재상정치는 시대를 초월한 혁명적 통치 체제였다고 할 수 있다.

위화도회군과 정몽주의 죽음 ─────────── •

1388년 우왕 14년, 정도전 46세 최영이 주동이 되어 요동정벌론이 공식화되고 5월 우왕의 명을 받고 좌군도통사 조민수, 우군도통사 이성계 등이 요동정벌을 위해 출정했으나 이성계가 위화도에서 회군하여 실권을 장악했고, 그해 12월 최영이 참형되었다. 그렇다고 이성계와 정도전 등이 모든 권력을 바로 차지한 것은 아니다. 이들은 정몽주와 권력을 양분했으며, 이후 이방원에 의해 정몽주가 피살되기 전까지는 오히려 정몽주의 세력에 의하여 이성계와 정도전의 세력이 제거될 위기였다. 1391년 공양왕 3년, 정도전 49세 이성계는 이로 인해 권력에 회의를 느껴 갈팡질팡하고 있었고, 정도전은 정몽주에게 밀려 봉화에 이어 나주로 귀양을 가게 되었다. 그러나 1392년 4월 공양왕 4년, 정도전 50세 이방원이 선죽교에서 정몽주를 죽임으로써 권력은 이성계에게 쏠리게 되었고, 7월 공양왕이 퇴위함으로 고려 왕조가 막을 내렸다. 이때 이성계는 무력에 의한 것이 아니라 당시 고려 최상위 의결 기구였던 도평의사사의 합의로 평화적인 정권 교체와 왕위 계승 절차를 거쳤는데 이것이 정도전이 꿈꾸던 역성혁명의 완성이었다.

조선 건국

1392년조선 태조 1년, 정도전 50세 정도전이 귀양살이하던 중 이성 계가 조선의 왕으로 즉위하였고, 정도전은 복권되었다. 옛 조선고 조선의 영광을 계승한다는 뜻에서 국호를 조선朝鮮으로 정했다. 정 도전은 복권된 직후부터 무인정사戊寅靖社, 제1차 왕자의 난 때 죽기까지 6년 동안 새 도읍지 선정, 한양 천도, 경복궁 건축,『조선경국전』저 술, 의흥삼군부 판사로서 요동정벌론을 공식화하였고, 의흥삼군부 판사에서 물러난 뒤 동북면 도선무순찰사 등 불철주야 건국의 기 초를 다지는 데 혼신의 힘을 다했다. 그러다가 명과의 표전문 사건 으로 명 황제 주원장과 외교적 문제로 다투던 중 주원장 사망을 계 기로 요동정벌과 병권 집중을 이루기 위한 사병 혁파를 시도했다.

이방원에 의한 제1차 왕자의 난과 정도전의 죽음 ————•

1398년태조 7년, 정도전 56세 이방원이 정도전 등을 죽이는 무인 정사가 발생했다. 이방원의 입장에서 볼 때 고려의 충신 정몽주를 죽이는 등 조선 건국의 최대 공신인 자신이 아닌 배다른 동생 이방 석이 세자가 된 것, 또 조선 건국 후 정도전이 대부분의 정권과 군 권을 가지고 다시 요동정벌을 추진하면서 자신을 비롯한 다른 왕 자들의 세력을 억제하려 한 것 등 정도전을 제거하려고 한 것은 어쩌면 당연했을 것이다. 그 결과 조선은 건국의 위대한 설계자를 잃었다. 정도전이 만들고 싶었던 조선 왕조는 백성을 위한 민본정치를 하되, 왕이 아닌 뛰어난 재상이 정치의 중심에 서는 나라였다. 정도전은 고려 후기와 조선 초기의 대격변기에서 자신의 의지인 민본정치를 실현하기 위해 노력했으며, 자신이 믿은 사상을 담은 많은 책을 후학들을 위해 집필했다. 그러나 만고의 역적이 되어 역사에서 지워졌고 그가 품은 재상 중심의 민본 국가 조선은 왕권 중심의 틀에 박힌 성리학의 예를 중시하는, 약한 국가가 되었다.

조유식이 재발견한 정도전 ●

『정도전을 위한 변명』은 태종 이방원이 조선 건국을 계획하고 설계한 정도전을 천하의 간신과 만고의 역적으로 몰아 죽인 무인정사 후 460여 년이 지난 1865년_{고종 2년}에 복권된 것에 대한 변명이자 그의 위대한 업적에 관한 상세한 기록이다. 그러나 그의 사후 620여 년이 지난 지금, 정도전을 천하의 간신과 만고의 역적이라고 생각하는 사람은 많지 않을 것이다. 이렇게 된 것은 1997년에 출판된 이 책, 아니면 드라마 〈용의 눈물〉과 〈정도전〉 등 대중 매체에 의한 효과인지는 모르나 대다수의 사람은 정도전을 태조 이성계를 도와 조선을 건국한 뛰어난 책략가로 알고 있을 것이다. 그리고 태종 이방원에 대해서는 배다른 형제들과 정도전 등을 죽였을 뿐 아니라 아버지 이성계와도 싸우면서 왕위를 쟁취한 권력욕의 화신으로 생각할 수도 있다. 그러나 실제 이방원은 제2차 왕자의 난1400을 주도한 친형 이방간을 죽이지 않았을 뿐 아니라 무인정사³ 때 마침 지방에 있던 정도전의 맏아들 정진 또한 죽이지 않았다. 정진은 삭탈관직된 후 일개 수군水軍으로 9년간 복무한 뒤 나주 목사로 복권되었고, 세종 때는 형조판서까지 승진했다.

조유식은 『정도전을 위한 변명』을 집필하기 위해 3년간 치열한 취재를 하면서 정도전으로부터 무엇을 발견했을까? 다시 조유식의 젊은 시절로 다시 돌아가 보자.

조유식은 민혁당 사건으로 구속된 뒤 1999년 10월 7일 공소 보류 조치로 석방되면서 사상전향서가 공개되었다. 1983년 처음 학생운동을 시작한 것은 민주화에 대한 순수한 열정에서 비롯되었고, 이념학습을 통해 그 당시 암울했던 제5공화국 군사정권으로 대변되는 독재 정권을 타파할 수 있는 것은 마르크스주의가 유일하며, 1986년부터는 북한 체제가 가장 이상적인 국가 형태라 착각하고, 입북 후 조선노동당 입당, 대북 연락책 임무 수행 등 일개 시민으로서는 절대 불가능한 일들을 하게 되었다는 내용이 담겨 있었다.

조유식이 정도전에 대한 취재를 시작한 것은 1990년대 중반

---

3 무인정사 때 정도전의 네 아들 중 둘째 정영, 셋째 정유, 넷째 정담은 아버지, 삼촌 등과 함께 이방원의 군사들과 싸우다 모두 사망함.

인데, 이때는 김영삼 문민정부1993~1998 시절이다. 1980년대 학생운동은 제5공화국의 전두환과 노태우 정권의 군부 독재 타파가 주된 목표였다면 1990년대는 NL 계열이 중심이 된 '주사파주체사상파' 세대였다. 그러나 1991년 입북하여 김일성을 두 차례 만난 김영환, 북한의 실상과 주체사상을 직접 접한 조유식 등은 '주사파'에 대한 회의가 들어 전향했다고 했다.

조유식이 이루지 못했던 사상적 혁명을 600여 년 전 '조선 건국'이란 역성혁명을 통해 썩은 고려 왕조 교체와 구악舊惡 청산이라는 위대한 성과를 이룬 주역인 정도전과의 만남은 일생일대의 대리만족이었을 것으로 생각된다. 그리고 지금도 백성에 의한, 백성을 위한 새로운 세상은 누구나 기대하는 이상적인 세상이기에 정도전의 부활을 꿈꾸어본다.

『삶을 바꾼 만남』

정민 지음
문학동네, 2011

병태생리학자 **이효종**

성균관대학교 약학대학을 졸업한 뒤, 서울대학교 약학대학에서 박사학위를
취득했다. 현재 모교인 성균관대학교 약학대학에서 학생들을 지도하고 있
다. 스승인 김규원 교수의 권유를 따라 2011년부터 '탐독사행'에 참여했다.
수년간 총무간사로 봉사하면서 빠짐없이 모임에 참석하다 보니 책장 한편
에 어느새 60여 권이 자리하고 있다. 뒤늦게 책을 가까이하게 되면서 알게
된 독서의 즐거움을 학생들에게 전파하는 초보 독서 전도사이다.

시공간을 초월한 진한 정,
사제지정

매년 3월 첫 주가 되면 캠퍼스에 갓 발들인 청춘들이 그 특유의 설렘과 생기발랄함이 가득 담긴 눈빛과 표정으로 강의실에 모여든다. 모든 만남이 소중하지만, 캠퍼스에서 교수와 학생으로 처음 만나는 순간이기 때문에, 신입생들과의 첫 시간을 위해 필자는 꽤나 공을 들이곤 한다. 말콤 글래드웰은 『블링크』라는 책에서 대부분의 사람들이 2초 남짓의 짧은 순간에 중요한 의사결정을 한다고 했고, 타인과의 관계 역시 처음, 또는 초반의 만남에서 상대와의 관계를 어떻게 맺을지 80퍼센트 이상을 결정한다는 심리학자들의 이야기도 있는데, 이런 이야기들을 접하고 나서부터는 학생들과의 첫 만남 시간이 전체 교육에서 가장 중요한 요소라고 생각하게 되었다.

전공이나 교과 내용에 대한 소개 이상으로 신경 쓰는 것은 지금까지 만난 책 중에서 추천 도서와 그 책을 통해 내가 깨닫게 된 삶의 교훈을 나누는 일이다. 생리학을 가르치는 교수가 첫 시간에 이런 책 이야기를 풀어놓는 것이 흔한 풍경은 아닐 테지만, 나는 이 소중한 첫 시간을 중요한 의식을 치르듯 진지하게 준비하곤 한다. 보통은 학기 전 겨울방학에 읽은 책들 중에서 고르기 마련인데, 그러다 보니 학번에 따라 자기계발서, 인문학, 사회, 과학 등 다른 분야의 책을 소개하게 되었다.

　　그러던 어느 날 졸업생과 이야기하던 중에 그 첫 시간에 대해 이야기하는 학생이 있었다. 내가 소개한 책과 그 교훈 덕분에 대학 생활을 잘 버틸 수 있었다는 참으로 선생으로서 듣기 좋은 피드백이었다. 워낙 성실하고 꾸준했던 학생이라, 큰 어려움 없이 무난하게 학부 시절을 잘 보내고 졸업한 줄만 알았는데 아니었던 모양이다. 그 학생이 이야기했던 그 책은 바로 정민 선생님께서 집필하신 『삶을 바꾼 만남』이었다. 사실 이 책을 처음 접하게 된 것은 연구실 후배들 덕분이었다. 은사님이신 김규원 교수님께서는 제자들에게 좋은 글귀나 책을 선물해주시곤 했는데, 친한 후배 두 명이 졸업하면서 교수님께 이 책을 각각 선물로 받았던 것이다. 그 곁을 지나가는데, 이 두 친구가 "누가 황상이냐."며 서로 티격태격하고 있었다. 이 둘은 워낙 막역한 사이인지라 자주 농담을 주고받곤 했는데, 그 당시에는 "황상이라는 인물이 누구길래 그러나?" 하며 그냥 웃어넘겼다. 그런데 나중에 이 책을 읽고 나서야 이 둘이 티격태격한 의미를 알게 되었다.

내가 소개할 이 책의 저자 정민 교수님은 다산 정약용의 생애와 업적을 다각적인 시각으로 분석하신 다산 연구의 권위자이다. 그는 이 책 외에도 다산에 대해 열 권이 넘는 저서를 저술하였을 뿐만 아니라, 소셜미디어나 신문 연재 등을 통해 일반인에게 다산의 새로운 면모를 쉽게 풀어가며 대중의 큰 관심을 받아왔다. 이 책은 깐깐하면서도 한없이 자상했던 스승 다산과 수많은 문하생 중에서 유일하게 그 가르침대로 인생을 걸고 마침내 끝까지 지켜낸 제자 황상의 만남과 동행 그리고 헤어짐을 한 편의 드라마처럼 펼쳐내고 있다. 자칫 한자로 가득하여 낯설고 거부감마저 드는 시와 서신을 해독하여 오늘날을 살아가는 우리에게 익숙하고 편안한 말투로 안내해줘서 무척 재미있게 읽었다. 읽을 수 있는 한자 어구들을 한두 개 발견할 때마다 저자의 기막힌 번역문과 해설에 맞추어보는 재미가 제법 쏠쏠했다.

이 책은 '과골삼천踝骨三穿'을 첫 마디로 시작하여 만년의 나이에 이른 황상의 풍경까지 총 마흔네 마디로 구성되어 있다. 이 마흔네 마디에는 인생의 고난 속에 힘겨웠던 두 인생의 아름다운 만남과 동행 그리고 헤어짐 이후에도 이어지는 시간을 초월한 사제 지간의 정이 담겨져, 책을 덮고 난 후에도 진한 묵향처럼 은은하게 여운이 남는다. 흐릿해진 기억 너머로 떠오르는 여러 은사님의 가르침과 추억을 되뇌다 보면 잠시 책을 멈추게 되곤 한다. 누군가의 스승이자 제자인 우리에게 이런 사제 간의 정이 얼마나 남아 있는

지 되짚어보면 마음 한쪽이 아리기도 하고, 그러한 따스함이 무척이나 그리워지기도 한다.

부지런하고 부지런하며 더 부지런하라 ─────── •

　조선의 레오나르도 다빈치라 불릴 만큼 공학, 철학, 문학을 아우르는 당대 최고의 학자였던 정약용은 성균관 태학생 시절부터 정조의 총애를 받으며 사회, 경제, 사상뿐만 아니라 건축, 천문 등 많은 분야에 방대한 업적을 남겼다. 하지만 갑작스럽게 정조가 서거하면서 그의 정치 생명은 내리막길로 접어든다. 결국, 당쟁과 천주교 박해로 인해 1801년 전라도 강진으로 유배되는 처지에 놓이게 된다. 20대부터 승승장구하던 그가 40세 되던 해, 강진의 작은 주막 뒷방에서 작은 거처를 겨우 구해 몸을 뉘면서 느꼈을 상실감과 패배감이 얼마나 컸을지 가늠하기조차 어렵다. 야속한 몇 계절을 흘려보내던 중, 그는 골방에서 작은 서당 '사의재四宜齋'를 열게 되었는데, 이것은 스스로를 추스르는 계기가 되었을 뿐만 아니라, 엄청난 학문적 업적을 남기는 시작이 되었다. 살다 보면 겪기 마련인 큰 좌절과 낭패감, 그리고 끝을 알 수 없는 답답하기만 어려운 시절이 누구에게나 있으리라. 그러나 그런 시기에 소소하게 할 수 있는 일을 찾아내고 만들어가는 그 긍정과 애씀이 그 인생을 걸작으로 만들어내는 것 같다.

다산의 작은 서당에는 서서히 마을 아이들이 모여들었고, 여러 제자 중에서도 다산의 눈에 들어온 것은 열등감에 눌려 있던 열다섯 살의 황상이었다. 비록 유배생활 중이긴 했지만, 당대 최고의 학자였던 다산이 그를 택하여 문사文史 공부를 권하게 된다. 오디션이 큰 유행인 요즘식으로 표현하면, 최고의 멘토가 그를 멘티로 원픽onepick한 것이다. 그런데, 황상은 머뭇거리며 이를 사양한다. 역대급 밀당이 아닐 수 없다. 하급 관리의 아들 신분으로는 아무리 노력해도 과거를 볼 수 없었기 때문일까? 당대 최고의 학자였던 다산 앞에서 한없이 초라함을 느꼈던 것일까? 아니면 희망 없는 자신의 운명에 대한 스스로의 변론이었을까? 노력해도 얻을 게 없는 희망 없는 그의 자포자기하는 표정이 눈에 선하다. 그의 어릴 적 이름이 산석山石이었던 것은 마치 그의 암울한 인생이 아주 오래전부터 결정된 것만 같다. 황상은 자신에게 있는 세 가지의 문제를 들어가며 다산의 가르침을 사양한다. **둔할 둔**鈍, **막힐 체**滯, **어근버근할 알**戛. 이 세 한자로 대별되는 황상의 답변은 꽤 아이러니하다. 진정 둔하거나 막힌 사람이라면 이렇게 논리적으로 자신의 부족함을 잘 파악해서 설명할 수 있을까? 뛰어난 시인으로서의 잠재력이 이 짧은 대답에서도 보이는 듯하다. 자신의 불능에 대해 이야기하는 황상을 바라보던 다산의 마음은 아마도 설레지 않았을까 싶다. 학생들을 상담하다 보면, 본인에게 상당한 능력이 있음에도 불구하고, 정작 본인은 그것을 깨닫지 못하고 자포자기하는 경우를 종종 보게 된다. 나는 내 나름의 방식으로 이런 학생들을 격려하고 그가 자기를 새로운 눈으로 바라보고, 인식하길 기다린다. 그러한 시간이 때로는 지치거나 힘들기도 하지만, 그 청춘의 전환점을 바라보는 그 순간에는 큰 보람과 행복감을 느끼기도 한다.

　세 가지 불가한 사유에 대해 다산은 학업에서 진정으로 문제가 되는 것이 무엇인지 다음 세 글자로 설명한다. **재빠를 민**敏, **날카로울 예**銳, **빠를 첩**捷. 스승은 배우는 사람들에게서 흔히 보이는 문제로 뛰어난 암기력, 빠른 문장력, 남다른 이해력을 꼽은 것이다. 황당한 답이 아닐 수 없다. 다산은 이 세 가지의 병폐가 소위 공부 좀 한다는 사람들에게 있어서 결국 큰 학문을 이루지 못하는데, 황상에게는 전혀 없다고 설명한다. 오히려 황상이 문제라고 생각했던 세 가지의 요소는 이러한 병폐들과는 정반대가 된다는 다산의 설명은 참으로 신선하고 감동적이다. '나 같은 사람은 안 된다.'고 오랜 열등감으로 가득하던 소년에게 오히려 너 같은 사람이어야 한다는 역설은 황상의 마음을 크게 울렸을 것이다. 다산의 이런 판단은 교육자로 강단에 오르는 필자에게도 많은 질문을 던지게 한다. 오늘날, 우리가 교육을 통해 지향하는 바는 무엇인가? 어떤 인재를 양육하려고 하는가? 남들보다 빠르게 정보를 습득하고 계산하며, 날카롭게 분석해내는 능력이 탁월한 학생들에게 높은 점수를 부여하고 그들을 엘리트라고 부른다. 신입생들의 첫 중간고사를 마치고 나면, 주변 선생님들로부터 자주 듣는 푸념 중에 "요즘 학생들은 두루두루 다방면에 대해 많이 아는 것처럼 말은 하는데, 글의 기초가 부족하고 지식의 깊이가 없다."는 평이 상당하다.

10여 년을 입시 틀에 갇혀 애써온 청춘들에게 무슨 잘못이 있겠는가? 4차 산업혁명 시대가 다가오고, 인공지능AI이 인간의 다양한 영역에서 두각을 나타내고 있다. 현재의 우등생은 결코 미래의 우등생이 될 수 없으리라는 예견은 여러 책이나 대중매체를 통해 익히 들어온 바다. 우리는 우리의 자녀들을 어떤 인재로 키워나갈 것인가, 그리고 후학을 어떻게 가르칠 것인가? 다산이 언급한 세 가지의 폐단에 대해 다시 한번 생각해볼 필요가 있다. 약간 느리고 더디더라도 전체의 흐름을 읽어나갈 수 있고, 깊이 있는 사색을 즐길 수 있는 인재가 우리 교육의 목표가 되어야 하는 것은 아닐까?

열등생에게 새로운 가능성을 일깨워주고 나자, 이어서 다산은 부지런히 노력하기만 하면 오히려 빛나는 인생이 될 수 있음을 말한다. 이러한 다산의 가르침은 그 모든 열등감과 패배감으로부터 황상을 온전히 해방시켰고 새로운 인생의 출발점에 서게 했다. 어린 시절의 황상에게 준 친필이라고 하여 증산석贈山石이라고도 알려진 이 가르침이 바로 삼근계三勤戒이다. 이는 말 그대로 부지런할 근勤을 거듭 강조한 지침이다. '부지런히 뚫고, 부지런히 틔우고 또 부지런히 연마하라.'는 이 지독할 만큼의 근면함에 대한 당부는 듣는 이에게 상당히 부담되기도 할 것 같다. 실제로 수업 시간에 삼근계에 대해 소개하면, 일부 학생들은 지켜나가기에 너무 어려운 이상적인 지침이라고 이야기하기도 한다.

어떻게 보면, 이런 지치지 않는 근면함은 확고한 목적이 없이는 불가능한 것 같다. 전 세계를 통틀어 독보적으로 방대한 학습 시간을 견뎌내고 소화해내는 우리 고3 수험생들 역시 꿈을 이루기 위한 대학이라는 관문, 그 목표가 없이는 그 시간을 견디기 힘들 것이다. 그러나 인생의 큰 성공과 실패를 경험한 다산의 생각은 조금 달랐던 것 같다. 출세와 외적 성공을 인생의 지향점으로 삼기보다 학문을 통한 배움과 그 깨달음을 통한 자아 성찰과 성숙, 이러한 내적 성공이야말로 최고의 목표라고 생각했던 것 같다. 사실 책을 읽어 내려가면서 당대 최고의 학자에게 인정받은 흙수저 황상, 그가 인생 역전의 기회를 통해 야망을 실현해가는 드라마 같은 성공 이야기가 내심 기대되었던 나는 책을 덮으면서 스스로 약간 민망해졌다. 끊임없이 부지런하라는 다산의 독려는 그에게 출신 성분의 한계를 극복하고 문과 시험을 통해 세상의 성공을 향해 달려나가 마침내 열복熱福을 성취하라는 뜻이 아니었다.

시문에 대한 황상의 재능을 갈고 닦으며, 소소한 일상에서 참 행복을 누리고 살기를 바라는 다산의 진정성에 고개를 숙이게 된다. 황상의 만년에 그가 보여주는 면면은 어려운 상황에도 항상심을 잃지 않고, 청복淸福을 누리는 고결한 인생의 완숙함을 보여준다. 미천한 낙수 한 방울이 그 끊임없는 두드림으로 단단한 바위에도 깊은 흔적을 남기는 것처럼, 황상은 느리고 둔했지만 계속해서 그저 글을 쓰고, 다시 쓰고, 또 써 내려갔다. 그리고 세월 속에 겹겹이 쌓인 그 노력은 마침내 성대한 흐름을 만들어냈고, 그의 빛나는 시문은 많은 이에게 큰 감동을 주었다.

실천하는 스승, 그 뒤를 따르는 제자 ————————— •

열다섯 살 소년은 평생을 스승의 가르침대로 살아내었다. 일흔이 넘은 만년에도 여전히 부지런히 메모하며 글공부를 하는 초서抄書를 멈추지 않았다고 한다. 대체 왜 이렇게까지 공부를 하냐며 핀잔하는 사람들에게 황상의 대답이 참 걸작이다. 몸소 실천해서 이를 얻으셨던 스승께서 '너도 그같이 살아내라.'는 말씀을 하셨는데, 그 한마디가 지금도 생생하게 들리는 것 같다는 그의 대답은 과연 황상답다. 스승 다산의 근면함은 '과골삼천'의 고사로도 잘 알려져 있다. 양반다리로 쉼 없이 저술에만 몰두한 나머지 피가 제대로 돌지 않아 복숭아뼈에 염증이 생겼다는 것이다. 좌식 생활이 익숙하지 않은 현대인들에게는 이런 질환 자체가 낯설 수밖에 없고, 이 고사가 별로 와닿지 않을 것 같다. 그러나 이 일화를 통해 분명히 알 수 있는 것은 황상에게 전해준 다산의 삼근계가 말이나 생각만의 가르침이 아니었다는 점이다. 삼근계는 다산 본인이 삶을 살아내는 실력으로 증명해낸 고결한 태도였고 삶의 지침이었다. 복사뼈가 짓무를 정도로 장고한 세월 동안 변함없는 노력과 실천은 학문의 거대한 흐름을 만들어내었고 마침내 『목민심서』를 포함하여 500권의 집필로 성대하게 이어졌다. 과골삼천을 곁에서 지켜보고, 그런 상황에서도 흐트러짐 없이 학문에 몰두하는 다산을 통해 황상은 삼근계를 마음속 깊이 새기고 또 새겼을 것이다. 황상이 스승에게 받았던 가르침을 얼마나 중하게 여겼던지 훗날 다산의 아들 정학연이 너덜너덜해져 버린 삼근계를 다시 써줬다는 일화가 있다고 한다. 스승의 말씀을 가슴과 뼈에 깊이 새기고 잃어버릴까 두려워했다는 황상의 고백을 보며, 황상의 만년이 다산을 참 많이 닮은 것도 당연하다 싶다. 너새니얼 호손의 『큰 바위 얼굴』처럼 매일 같이 스승을 바라보며, 그 가르침을 품고 평생을 살다 보니 어느새 스승의 발자취를 그대로 살아내게 된 것이다.

1818년 다산이 유배에서 풀려나 서울로 돌아간 뒤, 황상의 행보는 참 산석답다. 18년을 곁에서 모신 스승이 마침내 복귀하는 상황에서도 흔들림이 없다. 유배지에서 오랜 시간 스승을 보필했던 공을 생각해보면, 출세에 대한 욕심이 조금이라도 있을 법도 한데, 황상은 오히려 가족과 함께 깊은 산 중에 거처를 마련하고 남은 생애에 농사를 지으며 붓을 놓지 않았다. 이 역시 다산으로부터 『제황상유인첩 題黃裳幽人帖』을 통해 배운 청복의 삶을 그대로 실천한 것이다. 다산은 이렇게 시 공부에 충실하며 평생 학문에만 정진한 황상을 가장 뛰어난 제자로 인정하기도 했다. 그의 타고난 우직함에 삼근의 가르침에 더해져, 그 또한 『치원유고 巵園遺稿』, 『임술기 壬戌記』 등을 남겼고, 노년에는 추사 김정희와 교유하며 시인으로 명성을 얻었다. 과연 다산의 말대로 밝게 빛나는 멋진 삶이 된 것이다. 삼근의 태도로는 끝내 못 이룰 것이 없는 것 같다.

　　18년의 유배 생활 동안 다산은 여러 제자를 가르쳤다고 한다. 그러나 모든 제자가 황상처럼 스승의 발자취를 따르고 학문적 열매를 맺었던 것은 아니었다. 저자는 황상이 끝까지 다산 곁에 남은 유일한 제자였다고 표현하고 있다. 이유가 무엇이었을까? 역사 속 위인에 대해서는 교과서나 위인전으로만 접할 뿐 그 일상에서의 모습을 접할 길이 없기 때문에, 누구나 그렇겠지만 역사적 인물에 대한 전형적인 이미지를 각자 만드는 것 같다.

　　나 역시 조선의 대표적 실학자인 다산에 대해 내 나름으로 막연하게 가지고 있던 이미지가 있었다. 고결한 학자요, 백성을 따뜻하게 품는 정치가, 명석한 건축가 등 상상 속의 다산은 완벽 그 자체다. 그런데 막상 다산의 편지의 내용을 읽다 보면 다산의 친근함과 세심함 등 인간적인 면모가 그대로 드러난다. 한없이 칭찬하고 다정했다가도, 변덕스럽게 불같이 화를 내기도 한다. 오히려 때로는 제자에게 토라지거나 집착하는 듯한 모습을 보이는데 내게는 무척이나 재미있게 느껴졌다.

　　열두 번째 마디에는 신혼의 달콤함에 빠진 황상을 향한 다산의 불편한 심기가 그대로 표현되어 있다. 행복한 신혼에 치우쳐 공부를 소홀히 할까 염려하는 다산의 마음은 이해되지만, 제자 내외에게 따로 거처하라는 그의 지시는 무척이나 당황스럽다. 보통의 제자들이었다면 사생활까지 간섭하는 스승이 달가울 리 없었을 터. 만약 현 시대에 갓 결혼한 제자에게 각방을 쓰며 공부에 집중하라고 한다면, 이보다 더한 갑질이 없다 할 것이다. 다산이 강진에서 양성한 열여덟 명의 제자들, 그들 중에는 오히려 창을 들고 방으로 뛰어 들어와 다산을 욕하고 등 돌린 자도 있었다고 하니, 황상의 빛나는 인생이 오롯이 다산의 가르침 때문만은 아닐 것이다.

스승의 말씀이면 그 행간에 담긴 뜻까지 헤아리며 민감하게 반응하고, 때로 그 가르침이 설령 감정에 치우쳤다 할지라도 겸허히 받아들이는 황상의 모습은 참으로 놀라울 뿐이다. 보기에 따라서는 지나치게 깐깐하고 무서워 보이기도 한 다산이었지만, 우직한 황상은 스승의 마음을 읽어서였을까? 그 곁을 한결같은 자세로 지키며 배운 대로 실천해나간다. 꼭 다산이 아니었더라도 이런 식의 제자라면 반드시 잘 될 수밖에 없겠다는 생각까지 든다.

그리고 보면 귀양살이로 지쳐 있던 다산을 바로 세우고 지지할 수 있었던 에너지의 원천이 바로 황상이지 않았을까 싶다. '교학상장敎學相長'. 단순히 가르치고 배우기만 하는 일방적인 관계를 뛰어넘어, 스승도 제자를 가르치는 과정에서 스스로의 부족함과 어려움을 깨달을 수 있어 자신의 실력을 보강하게 되고 결국 성장하게 됨을 말하는 고사성어다. 조금씩 배워가며 인재로 성장하는 제자만큼이나 그 스승도 상호 소통하면서 더불어 자란다는 것이다.

처음 강단에 섰을 때가 떠오른다. 잘 안다고 생각했던 내용도 막상 설명하려고 보면 흐름이 매끄럽지 못하고, 툭툭 끊어지기 일쑤였다. 또 많은 의욕을 가지고 온갖 지식을 쏟아내며 그 방대한 정보를 풀어내고는 스스로 명강의라 착각하기도 했었다. 가르침을 통해 비로소 나의 부족함을 깨닫게 되고, 고민과 사색을 통해 깊이 있게 이해하게 된 내용은 학생들에게 쉽게 전달할 수 있게 됨을 실제로 경험하기도 했다. 강단에 서는 선생이라면 누구나 느꼈을 교학상장의 시간들, 비록 다산 같은 선생은 아닐지라도 황상 같은 제자들과 함께라면 그 시간이 무척이나 즐거울 것만 같다. 결국 스승과 제자는 수없이 편지를 주고받으면서 가르침과 배움은 서로를 키워갔다. 결국 스승은 『목민심서』, 『흠흠신서』, 『경세유표』 등 500권을, 제자는 여러 편의 시와 『치원유고』 등을 남기는 전무후무한 교학상장의 모델이 되었다.

황상 맞춤형 교육과 시너지 ─────────── •

"저 같은 사람도 공부할 수 있나요?" 처음 수업을 받고, 황상이 던진 질문이다. 금세 암기하고, 예리하게 분석해내고, 이해가 빠른 학생들 사이에서 열등감에 빠져버린 어린 황상을 머릿속으로 그려 보면 이내 마음 한 곳이 묵직해지고 헛헛해진다. 만약 현재 교육 시스템에서 "저와 같이 부족한 사람도 공부할 수 있을까요?" 하고 묻는 학생이 있다면 우리는 어떻게 답해야 하는가? 정해진 교육 과정을 남보다 얼마나 빠르고 정확하게 앞서나가는지 측정하여 아이의 우수성을 가늠하는 오늘날의 상황에서 황상은 불가역적 열등생으로 남을 수밖에 없을 것이다. 다행히도 느리고 더딘 황상을 바라보는 다산의 시선은 따뜻했고 그의 장점과 단점을 모두 꿰뚫어 앞으로 황상을 어떻게 가르쳐야 할지 머릿속에 그려봤을 것만 같다. 그가 황상과 주고받은 편지의 내용을 살펴보다 보면, 황상에 대한 일대일 맞춤형 지도가 이런 것이구나 하고 감탄을 하게 된다. 또 일일이 제자의 시를 점검하고, 잘된 점은 크게 칭찬하였고, 어색한 글귀는 몇 글자 수정해주면서 스스로 깨닫도록 도왔다고 한다. 시간과 노력이 더 많이 들더라도 이러한 정성스러운 맞춤형 교육은 사람을 키워낼 수밖에 없을 것이다. 우리가 놓친 수많은 황상 같은 아이들이 다산을 만났더라면 어땠을까 하는 아쉬움이 남는다.

잊을 만하면 대중매체를 통해 무너진 교권과 사라진 사제 간의 정을 전해 듣게 된다. 교육이 어렵고 힘들어지는 것도 당연하다. 관계가 바로 서지 않은 상황에서는 교육이 제대로 이루어질 수 없는 탓이다. 갈수록 사제 간의 서로를 알아볼 수 있는 시간과 공간의 여유가 줄어드는 요즈음의 상황이 정말 아쉬울 뿐이다. 분명 각각의 학생들은 자기만의 멋진 꿈과 끼가 있다. 이를 제대로 발휘할 수 있으려면 학생은 선생님을, 선생님은 학생을 서로 온전히 바라볼 수 있어야 한다. 서로에 대한 이해와 신뢰 없이 무슨 가르침과 배움이 있을 수 있겠는가. 아주 오래된 벽화에 내용은 약간은 다르지만 "요즘 젊은이들은 버릇이 없어."라는 이야기가 쓰여 있다고 한다. 열다섯 살이면 한창 중2병에 걸릴 나이라고들 한다. 조선 시대에도 중2병이 있었는지는 모르겠으나, 세대 간의 갈등이나 차이는 있었을 것이다. 나이 열다섯 살의 황상과 마흔한 살 다산이 처음부터 잘 통할 수 있었을까? 당대 최고의 정치가, 학자였던 다산과 시골의 열등생 황상이 서로의 지식과 배경, 세대의 차이를 넘어 최고의 시너지를 만들어냈던 비결은 서로를 향한 이해와 신뢰가 아니었을까?

헤어짐 그리고 다시 함께 ———————————— •

강진 유배 생활을 마치고, 20여 년 동안 황상과 다산은 서로 떨어져 각자의 삶을 살아간다. 꼼꼼하고 집요한 스승은 답장 없는 제자를 그리워하며 여러 차례 편지를 보냈고 재회를 바란다. 다산의 결혼 60주년을 기념하는 회혼연이 열리게 되자, 황상은 20여 년을 돌고 돌아 마침내 미뤄왔던 스승과의 감격스러운 재회를 하게 된다. 삼근의 교훈을 펼치며 자신감 넘치던 스승은 세월 속에 늙고 병들었다. 결국 건강 악화로 회혼연도 열지 못하게 되었고, 황상은 자리에 몸져누운 스승을 수일간 정성으로 보살핀다. 돌아가려는 황상에게 늙은 스승은 병환 중에서도 먹과 붓, 여비 그리고 『규장전운』을 꼼꼼히 챙겨준다. 미루어 두었던 글공부에 계속해서 정진하라는 스승의 간절한 뜻이 묵직하게 담긴 짐을 들고 돌아가던 황상의 발걸음이 어땠을까? 야속하게도 다산은 다시 일어나지 못하고 세상을 떠나고 만다.

20여 년 만의 만남이 마지막이 되다니. 황상은 늙고 병든 스승이 마지막 순간까지 제자에게 전해준 따뜻한 사랑과 가르침을 떠올리며 깊은 후회와 아쉬운 마음으로 제대로 잠을 이루기도 어려웠을 것 같다. 이런 감정과 지난 추억들이 응어리지고 단단해져서 그랬을까? 황상은 시 공부에 더 몰두할 뿐만 아니라 천 리 길을 마다하지 않고 오가며 시 교류에도 힘쓰게 된다. 비록 스승은 세상에 더 이상 없지만, 홀로 남은 황상은 83세에 생을 마감하는 순간까지 30여 년 동안 스승의 삼근계와 시를 늘 곁에 두고 그 뜻대로 시간을 치열하게 채워갔다고 한다. 더 이상 인정해주고 칭찬할 스승은 없지만, 그 가르침을 하루하루 실천하면서 삼근을 이루어내는 모습은 참 황상답다. 이런 노력의 결과였을까? 시간이 지나면서 황상은 자신만의 시적 세계를 완성해나가게 되었고, 추사 김정희조차도 그의 글을 읽고는 몇 번이나 만나기를 원했다고 한다. 만년에 김정희를 만난 이후로는 서로 친분을 이어나가기도 했다. 소탈한 청복을 누리던 그에게 당대 최고의 시인이라는 유명세가 따라온 것이다. 그럼에도 들뜸이 없이 묵묵하게 밭일을 하며, 담담하게 글공부를 이어가는 그의 모습은 참으로 고결해 보이기까지 하다. 황상의 만년의 모습은 영화 〈국제시장〉의 마지막 장면과 많이 닮아 있는 듯하다. 평생 아버지의 유언대로 삶을 살아낸 노년의 덕수가 벽에 걸린 아버지의 사진을 하염없이 바라보며 삶이 너무 힘들었지만 정말 열심히 노력했다고 독백하는 모습에서 그 평생의 근면함과 진정성이 그대로 드러난다. 책에는 언급되지 않았지만, 황상의 마지막도 비슷했을 것만 같다.

'스승님, 이 정도면 저도 부지런히 살았지요? 정말 쉽지 않았는데… 많이 보고 싶습니다.'

또 하나의 중요한 만남을 위하여 ─────── •

인생에는 중요한 세 번의 만남이 있다고들 한다. 태어나 부모와의 첫 만남, 인생을 함께 걸어갈 친구와의 만남 그리고 인생을 바꿀 스승과의 만남. 스승의 날의 의미도 사라지고, '스승'에 대해 더 이상 말하지 않는 요즘, 저자는 스승을 신뢰하고 그 가르침을 일생 지켜낸 황상의 삶과 그 착한 마음 바탕에 바른 가르침을 주고자 노력한 다산의 삶을 한 편의 영화처럼 재연해 보여주었다. 어떻게 하면 이런 맛난 만남이 가능할까? 나는 다산과 황상의 공통점에서 답을 찾아보았다. 다산은 스스로 매사에 최선을 다하는 편이라고 했다. 한 예로, 유배지로 떠나면서도 하늘이 준 기회로 여기고 공부하는 데 몰입했다는 일화는 그의 이런 면을 잘 보여준다. 우직한 황상 또한 스승의 가르침을 소홀히 여기지 않았고 매사에 최선을 다했다고 했다. 이렇게 주어진 환경에서 최선을 다하는 삶이라면, 그리고 주어진 관계에서 후회 없이 최선을 다한다면 인생을 바꿀 또 하나의 중요한 만남이 가능하지 않을까?

다산과 황상의 멋진 동행과 그들의 진정성 있는 삶을 보고 들고 느끼다 보면, 문득 내 곁을 지나간 귀한 인연들을 다시 돌아보게 된다. 진정성을 가지고 주변을 다시 살펴보다 보면, 내 인생에도 다산 같은 멋진 스승, 황상 같은 멋진 제자가 발견되지 않을까?

도움받은 책

1장 · 일상과 철학 사이

「낯선 일상은 우리를 변화하게 한다」

올리버 색스 지음, 이민아 옮김, 『온 더 무브』 알마, 2016

올리버 색스 지음, 양병찬 옮김, 『의식의 강』 알마, 2018

올리버 색스 지음, 양병찬 옮김, 『모든 것은 그 자리에』 알마, 2019

「걷노라면, 걷다 보면」

다비드 르 브르통 지음, 문신원 옮김, 『느리게 걷는 즐거움』 북라이프, 2014

로제 폴 드루아 지음, 백선희 옮김, 『철학자의 생각법』 책세상, 2017

프레데리크 그로 지음, 이재형 옮김, 『걷기, 두 발로 사유하는 철학』 책세상, 2014

「'좋은 삶'을 살기 위한 세상 바라보기」

김규원, 노재경, 위희준, 김찬 지음, 『과학의 발전과 항암제의 역사』 범문에듀케이션, 2015

김승섭 지음, 『아픔이 길이 되려면』 동아시아, 2017

유시민 지음, 『어떻게 살 것인가』 생각의길, 2013

스콧 니어링 지음, 김라합 옮김, 『스콧 니어링 자서전』 실천문학사, 2000

이정모 지음, 『저도 과학은 어렵습니다만』 바틀비, 2018

2장 · 마음가짐

「'심경'으로 살아가는 법을 배우다」

박석무 지음, 『유배지에서 보낸 편지』 창작과 비평사, 1994

정약용 지음, 박혜숙 편역, 『다산의 마음』 돌베개, 2008

팡차오후이 지음, 박찬철 옮김, 『나를 지켜낸다는 것』 위즈덤하우스, 2014

채운 지음, 『사람은 왜 알고 싶어 할까』 낮은산, 2015

「명상을 통한 행복한 세상」

크리스토프 앙드레, 존 카밧진, 마티외 리카르, 피에르 라비, 카롤린 르지르, 일리오스 콧수 지음, 이세진 옮김, 『나를 바꾸고 세상을 바꾼다』 은행나무, 2016

사야도 우 자나카 지음, 김재성 옮김, 『위빠사나 수행』 불광출판사, 2003

월터 캐논 지음, 정해영 옮김, 『인체의 지혜』 동명사, 2003

3장 · 더 나은 배움을 위해

「정도전의 부활을 꿈꾸며」

한기홍 지음, 『진보의 그늘』 시대정신, 2012.

박시백 지음, 『박시백의 조선왕조실록』 휴머니스트, 2015.

박영규 지음, 『한 권으로 읽는 조선왕조실록』 웅진지식하우스, 2017.

이덕일 지음, 『조선왕조실록 1 태조』 다산초당, 2018.

『마흔 시월, 민주주의를 노래하다』 부산대학교, 2019.

탐독사행이 읽은 책

생명과학자의 서재

초판 1쇄 발행   2021년 7월 2일

지은이   박정애 배수경 김우영 정철호 구병수 정해영
               권유욱 위희준 김규원 이유미 김남득 이효종

펴낸이   오세룡
편집   유나리 정해원 전태영 박성화 손미숙
기획   최은영 곽은영 김희재
디자인   이다래
               고혜정 김효선 장혜정
홍보 · 마케팅   이주하

펴낸곳   담앤북스
               서울특별시 종로구 새문안로3길 23
               경희궁의 아침 4단지 805호
               대표전화 02-765-1251
               전송 02-764-1251
               전자우편 damnbooks@hanmail.net

출판등록   제300-2011-115호

ISBN 979-11-6201-300-7(03810)
정가 15,000원